Quand s’envolent les cigognes

PEFC
PEFC/14-38-00308
Certifié PEFC
Papier de forêts gérées durablement et de sources contrôlées
www.pefc-france.org

Casterman
Rue Haute 139
1000 Bruxelles
Belgique

www.casterman.com

ISBN : 978-2-203-29578-0
N° d'édition : L10EJDN003183.N001

Composition et mise en pages
Nord Compo à Villeneuve-d'Ascq

Achevé d'imprimer en mai 2025, en Espagne, par BLACK PRINT CPI IBERICA, Calle Torre Bovera 19-25, 08740 St. Andreu de la Barca, Barcelona.
Dépôt légal : juin 2025 ; D.2025/0053/141
Déposé au ministère de la Justice, Paris (loi n° 49.956 du 16 juillet 1949 sur les publications destinées à la jeunesse).

Sarah Taloté

Quand s'envolent les cigognes

casterman

À mes amis de Lituanie.

1

Par un après-midi d'août, Upė[1] se tenait face au lac Bebrusai, une paire de jumelles à la main. Le soleil se déversait en cascade à travers les nuages cendrés, plongeant sous la surface de l'eau, et à chaque éclaircie le lac paraissait s'illuminer de l'intérieur. Sur le pourtour, les pins sylvestres aux troncs rouges formaient une forêt haute et dense qui ondoyait légèrement sous la brise sèche du plein été. Upė monta les jumelles à hauteur de son visage et scruta la rive opposée : une poule d'eau se dandinait sur la berge, toute ronde, avec son plumage noir et un bec rouge comme un tatouage de guerre. Un pied poilu entra soudain dans son champ de vision et la poule détala. Upė soupira, maudissant les gens qui ne pouvaient s'empêcher, dès qu'ils voyaient un oiseau, d'agiter les bras (ou dans ce cas précis, le *pied* !), comme s'il n'y

1. Rivière en lituanien, se prononce « Oupé » en français.

avait rien de plus désopilant que de faire peur à un canard. Elle scanna le ciel, mais la grande voie migratoire des oiseaux qui s'étendait de la Scandinavie au nord de la Russie était encore vide.

Upė fit demi-tour sur le ponton. Elle sautilla d'une latte instable à l'autre et entra dans le long hangar en bois repeint à neuf au début de la saison. Dainius, le propriétaire, s'était décidé pour un vert absinthe criard – un choix tragique, selon Upė, qui préférait la couleur autrefois naturelle des murs. Elle se souvenait de l'exacte nuance acajou du vieux bois, un ton plus clair autour de la porte. À l'intérieur, l'unique pièce était encombrée de tables rondes et de chaises en bois bancales. Upė se sentait parfois de connivence avec les chaises quand elles envoyaient au sol un client enquiquinant. Elle venait éponger la bière sur la table, *Désolée monsieur*, mais en son for intérieur elle était de tout cœur avec la chaise : *Tu l'as bien arrangé celui-là, Eglė !* Oui, elle donnait des noms aux chaises. Après tout, pourquoi les humains et les animaux seraient-ils les seuls à disposer du privilège d'un nom ? Un objet n'avait rien d'inanimé, et ne pouvait-on pas soutenir que leur permanence était digne ? Ces chaises méritaient un nom, elles étaient là, fidèles au poste, et le comptoir du bar aussi, avec ses entailles dans le bois, encaissant soir après soir les éclaboussures d'alcool et les miasmes de clients allergiques au pollen ou affligés d'un rhume. Et ces tasses aux bords arrondis, combien de mains avaient-elles réchauffées ?

Upė secoua la tête et ramassa quelques chopes sales au passage. Un jeune homme essuyait des verres derrière le comptoir, un air de profond ennui sur le visage. Les méduses aux tentacules gélatineux sur son tee-shirt prenaient vie à chacun de ses maniements de torchon, elles se propulsaient dans un océan imaginaire.

— Tu as disparu pendant une demi-heure, lui reprocha le virtuose du torchon.

Elle le poussa pour déposer les chopes dans l'évier et les arroser de liquide vaisselle.

— Je sais que tu as une conception révolutionnaire du temps, mais ça fait tout juste vingt minutes.

— Tu m'as laissé *seul* avec un bar entier à gérer.

Elle cessa de récurer la vaisselle, le temps d'évaluer la salle du regard. Dix tables vides, et une autre où trois adolescentes sirotaient gravement leurs limonades.

— Et tu t'es occupé de ces hordes assoiffées avec un sens du devoir frisant l'héroïsme.

— Leur commande était si complexe que j'ai failli paniquer, Upė. Elles n'arrêtaient pas de changer d'avis.

— Pour rester t'admirer plus longtemps au comptoir.

— Tu parles. J'en ai entendu une se moquer de mon tee-shirt.

Upė se hissa sur la pointe des pieds pour lui ébouriffer les cheveux. La tension dans ses chevilles lui rappela combien son ami d'enfance avait grandi, ces dernières années. Il ne serait plus jamais ce garçon de huit ans barbouillé de terre, perpétuellement au bord des larmes, les jambes assaillies l'été par les tiques qu'il fallait ensuite retirer une à une à l'aide d'une pince.

— Tu me mets du savon dans les yeux, protesta-t-il en chassant sa main.

Bon, il n'avait plus de terre sur la figure, mais son côté grognon avait viré rabat-joie.

— Au fait, j'ai entendu ton oncle et ta tante dire que tu ne veux pas retourner à Vilnius en septembre, lâcha-t-il.

Upė retourna avec humeur son éponge pour frotter des traces de rouge à lèvres. À côté d'elle, son ami aplatissait d'une main ses cheveux mi-longs et examinait son reflet déformé sur le dos d'une grande cuillère. Le laisser croire que se plaquer les cheveux sur le crâne était une bonne idée parut à Upė une punition appropriée.

— Qu'est-ce qu'ils t'ont raconté ? demanda-t-elle.

— Rien, justement. Ils étaient assis à la table la plus proche du bar et j'ai saisi quelques bribes de leur conversation.

— Impressionnant. Tu es toujours le même petit espion sournois.

— Je m'ennuyais ! Je n'avais rien d'autre à faire que laisser traîner *une* oreille – même pas les deux !

— Change ta ligne de défense, Gėlynas[1], c'est la même depuis dix ans.

Elle l'entendit retenir sa respiration à côté d'elle puis la relâcher bruyamment.

— Markas ! C'est *Markas* ! Combien de fois je vais devoir le répéter à tout le monde ?

— Calme-toi, j'avais oublié.

— Tu sais combien c'est important pour moi ! C'est pourtant pas très compliqué, je suis un *Markas*. J'ai commencé les démarches administratives, bientôt ce sera officiel !

— Quitte à changer d'identité, tu aurais pu choisir un prénom un peu moins commun. Ça ne

1. Jardin de fleurs, se prononce en français « Guèlinas ».

te va pas très bien, tu es plus… haut en couleur que ça.

— Commun, c'est très bien, c'est parfait ! répliqua-t-il avec passion. Ma mère aurait dû s'en souvenir au moment de me donner un prénom.

Sentant la crise monter, Upė s'extirpa de l'eau de vaisselle huileuse et chercha le dos de Gėlynas. Il était tout proche, ses épaules se soulevaient et s'abaissaient au rythme de sa respiration hachée. Calmement, elle fit tourner sa paume sur son dos, compta le nombre de fois dans sa tête, un… deux… trois… Il se détendit au septième tour.

— Pourquoi tu ne veux pas retourner à Vilnius ?

Il avait repris son torchon qu'il tordait entre des mains aux articulations sèches et rougies. Elle avait les mêmes mains que lui, abîmées par les chocs constants contre les ustensiles et les angles des étagères.

— Je suis trop paresseuse pour étudier.

Les sourcils de Gėlynas s'affaissèrent en une ligne droite, l'expression même du soupçon. Il ne gobait pas ses excuses et elle l'avait vexé par son manque d'imagination flagrant.

— Je l'ai senti tout l'été, décréta-t-il solennellement. Il s'est passé quelque chose.

— Tu aimerais bien, tu adores les secrets.

— Ce ne sont pas les études que tu ne prends pas au sérieux, c'est moi.

— Wow. Tu parles comme un adulte. À mon tour de te demander : mais il s'est passé quoi cette année ?

— T'es nerveuse.

— Non. Tu m'amuses, c'est tout.

— C'est la troisième fois que tu mets du liquide vaisselle dans l'eau.

Upė recula avant que la mousse n'imbibe le tissu de sa robe salopette et Gėlynas prit sa place devant l'évier.

— En plus, tes mains tremblent. C'est suspect.

— Et si on parlait de toi ? riposta-t-elle. Tu prends tes médicaments ?

Gėlynas bascula la nuque en arrière avec un long soupir éreinté.

— Oui. Non. Tu m'embêtes.

— Je vois qu'on est deux à avoir quelque chose à se reprocher.

— Je vais très bien. Très, très bien, même, affirma-t-il en essorant vigoureusement l'éponge. Je change de prénom, tu te rends compte ?

— Non, je n'arrive pas à me rendre compte. Et depuis quand changer de prénom est une preuve de bonne santé mentale ?

— Je sais ce que tu vas dire. Non, il ne s'agit pas d'une lubie, mais d'un nouveau départ.

— Écoute, *Markas*. Tu arrêtes de me demander pourquoi je ne veux pas rentrer à Vilnius, et de mon côté j'arrête de te demander si tu te soignes.

— C'est de la triche. Un *deal* de ce genre, ça ne se refuse pas.

— Je vois qu'il te reste un peu de bon sens.

Upė récupéra le torchon et alla essuyer les tables avec énergie. Aurelija et Leonas ne tarderaient plus à venir prendre la relève pour le service du soir. Une fois les tables récurées, elle retourna donner un coup de main au bar et se laissa absorber par la routine : décrocher un verre, verser la bière à la robe maltée, encaisser, rendre la monnaie. Ses bracelets en argent tintaient alors qu'elle virevoltait derrière le comptoir, en harmonie avec Gėlynas qui menait sa propre danse. À leurs débuts, les collisions étaient fréquentes, mais l'été avançant, ils ne se gênaient plus que rarement. Dans sa vision périphérique, Upė nota l'irruption – on ne pouvait vraiment pas qualifier autrement une entrée aussi caquetante – de deux amies de sa tante. Elle n'arrivait jamais à se souvenir laquelle était Ramunė et laquelle Brigita. Sa tante l'accusait d'amnésie volontaire. La vérité, c'était que rien dans leur personnalité ne permettait de les distinguer l'une de l'autre.

— Il paraît que tu ne retournes pas à l'université cet automne, Upė ? lança Ramunė, à moins que ce ne soit Brigita.

Upė choisit *Eijukas*[1] dans les étagères, un verre au rebord ébréché qu'elle aurait dû jeter depuis longtemps. Elle le gardait pour les clients fouineurs, cette sous-espèce qui se nourrit de ragots de comptoir pour les colporter ensuite de sodyba[2] en sodyba.

— Je médite sur mon avenir.

— Ce n'est pas ce qu'Aušra[3] laissait entendre... Elle n'a rien dit, bien sûr, mais... te serais-tu attiré des ennuis, ma jolie ?

Upė se promit de s'occuper de sa tante dès qu'elle serait à la maison. Sur sa gauche, le couple de voisins accoudés au comptoir avait dressé l'oreille. Upė se contenta de regarder fixement Ramunė et Brigita, une tactique d'intimidation qui fonctionnait en général plutôt bien. Hélas, ce jour-là, leur désir d'un ragot juteux les rendait téméraires.

1. Hérisson.
2. Maison en bois traditionnelle lituanienne.
3. Aube, se prononce en français « Aochra ».

— À la ville, même des jeunes élevés chez nous par des gens bien peuvent mal tourner…

Sans répondre, Upė posa des verres remplis à ras bord devant elles. À la première gorgée, la commère se cogna les dents contre la brèche d'*Eijukas* et du cidre coula sur son menton.

— Il y a un problème avec ce verre, s'offusqua-t-elle.

— Faites voir. Ah. En effet. Toutes les excuses de la maison, je vais vous resservir.

— Laisse, je m'en occupe, intervint Gėlynas. J'ai besoin que tu prennes les commandes. Désolé, mesdames, Upė n'a pas le temps de discuter, c'est l'heure de pointe.

Elle devait admettre que Gėlynas n'était pas seulement un espion et un pleurnicheur. Il ne souffrait aucune entorse à son sens de la loyauté et tolérait avec candeur la petite tendance à la mesquinerie de son amie. Elle était d'un an plus âgée que lui, mais il semblait à Upė que ces derniers temps, il l'avait rattrapée et menaçait de la dépasser en termes de… maturité. Un constat on ne peut plus alarmant.

Le vieux Petras, régulier du bar depuis des temps immémoriaux, contourna Ramunė et Brigita et commanda sa pinte habituelle de Švyturys. En dépit de la chaleur, il portait une veste en velours et son épaisse moustache grise était animée d'un frisson chronique.

— Pourquoi... vraiment, je me demande pourquoi, murmura-t-il en tendant à Upė quelques pièces de monnaie.

Elle sentit Gėlynas se rapprocher, prêt à lui coller une main sur la bouche pour lui éviter de dire quelque chose qu'elle ne regretterait pas.

— Pourquoi repeindre les façades en vert ? poursuivit sombrement Petras. Un vert mousse ou un vert pin aurait encore été passable, mais Dainius a choisi cette teinte des plus curieuses...

— Diabolo menthe ? suggéra Gėlynas.

Ramunė et Brigita soupirèrent, déçues, et les voisins se remirent à parler entre eux. Petras pressa tendrement son verre de bière contre sa poitrine et se rangea sur le côté afin qu'Upė puisse prendre la commande suivante.

— Diabolo menthe, oui, c'est juste. Le hangar n'avait pas été rafraîchi depuis les années 40. Même les Soviets ne s'y étaient pas risqués. En récupérant la propriété en 1991, le père de Dainius avait envisagé de repeindre. Il avait abandonné ce projet déraisonnable après avoir consulté les voisins...

— Dainius n'est pas du genre à solliciter un avis extérieur, commenta Upė.

Cela faisait deux mois que Petras se lamentait à ce sujet. Coïncidence ou non, il commençait à accuser son âge depuis que le bar avait été repeint : il se répétait de plus en plus et la peau de sa figure s'était ternie, ratatinée. Quelque chose dans les petites gorgées précautionneuses du vieil homme oppressa soudain Upė. Elle tourna le dos aux clients pour laver quelques verres. Gėlynas pouvait bien s'occuper de la conversation, il adorait radoter, lui aussi. Elle entendit Petras demander à son ami comment il allait, et la réponse prévisible – *terriblement bien, fantastique !*

— Je n'ai jamais été aussi en forme ! Vous savez combien de fois je peux nager d'un bout à l'autre du lac ?

— Aucune idée, mon garçon... Tu m'as l'air solide, alors je dirais... deux fois ?

— *Quatre*, jubila Gėlynas. Tous les jours, enfin presque, sans poser pied à terre !

— On peut dire que c'est... Eh bien, une performance, c'est sûr.

— Tu n'en as pas assez d'inquiéter ta pauvre mère, Gėlynas ? insinua l'une des deux commères.

Upė fit volte-face et aligna les verres propres sur le comptoir avec une telle brusquerie que Ramunė et Brigita prirent la fuite vers le fond du bar. Elles détalèrent encore plus vite que la poule d'eau qu'Upė avait aperçue au lac.

— *Markas*, marmonna Gėlynas pour lui-même.

Upė saisit l'ombre qui passa sur le front de son ami, la façon dont ses épaules s'arrondirent comme la carapace d'une tortue protégeant ses organes internes. Elle fit mine de n'avoir rien remarqué et lui tendit le ticket de la commande suivante.

— Tu peux préparer un gin tonic ? Tu es plus doué que moi pour presser des citrons.

Gėlynas piocha un citron vert dans la corbeille à fruits. Il le rompit en deux d'un coup de couteau expert puis versa des cubes de glace brillants dans un verre et les arrosa de gin.

Quand la relève finit par arriver, ils se débarrassèrent de leurs rôles de barista avec l'allégresse féroce d'enfants arrachant leurs déguisements. Upė rafla ses jumelles et son livre sur les oiseaux d'Europe du Nord sous le comptoir et sortit dans l'atmosphère léthargique du mois d'août. Gorgé de soleil toute la journée, le lac exhalait à l'approche du crépuscule des parfums moites. Gėlynas la suivait de près, ses lunettes teintées aviateur dont il était excessivement fier perchées sur l'arête de son nez aquilin. Ils longèrent le sentier tracé entre les pins et les courbes du lac, jusqu'à l'un de leurs emplacements préférés. Upė se campa sur la berge, les mains sur les hanches, et Gėlynas l'imita. Ils perçurent le clapotement mou de l'eau sur la berge, le souffle intermittent de la brise dans les longues tiges des graminées. Les stridulations des criquets n'étaient plus aussi assourdissantes qu'en plein mois de juillet, et étaient entrecoupées par des intervalles de silence.

— Tu sens, Upė ?

— Quoi donc ?

Mais elle savait. Elle *sentait*, oui.

— La fin de l'été. Je n'ai pas envie que les cigognes repartent.

Upė ôta ses bottes en caoutchouc et enfonça ses orteils dans la mélasse du sable.

— Elles resteront jusqu'à fin août, Gėlynas. Nous pourrons les observer encore un moment.

— Markas.

— Va piquer une tête dans le lac, *Markas*, tu frétilles comme un poisson depuis cinq minutes, ça m'agace.

Il éclata d'un grand rire et se déshabilla si vite que son tee-shirt à méduses vola dans la figure d'Upė. Elle devina la chaleur du corps de Gėlynas dans le coton, un soupçon de sueur, et ce parfum dont il s'aspergeait généreusement et qui rappelait un désodorisant pour voiture. Elle projeta son poing en avant, mais il l'esquiva habilement et courut vers le lac. Upė le regarda fendre un tapis de nénuphars à fleurs blanches, provoquant un chaos indescriptible dans le petit monde aquatique. Il plongea la tête sous l'eau, rejaillit à la surface avec un cri.

— Merde, elle commence déjà à devenir froide !

Il se rejeta aussitôt dans les flots et nagea vers le milieu du lac. Sa brasse désordonnée le mena loin ; Upė ne le repéra bientôt plus qu'au miroitement du soleil sur sa chevelure blonde. Les jumelles bien en main, elle observa un vol de trois grues au long cou et eut même la chance d'apercevoir un pygargue à queue blanche zigzaguant au-dessus d'eux. Il passa près de la tête de Gėlynas et cet idiot gesticula d'excitation, faisant fuir le rapace vers des eaux plus propices à la pêche. Parfois, Gėlynas ne valait pas mieux que ces touristes de Vilnius ou de Varsovie qui se vautraient sur la plage avec leurs gaufres à bulles et leurs gamins à la voix perçante. Au moins, il ne s'était pas noyé, bien qu'il ne semblait toujours pas décidé à revenir vers la berge. Upė pesta entre ses dents en tirant sur le col en dentelle de sa blouse. C'était sa tante qui l'avait brodée, et à l'image de tous les vêtements qu'Aušra confectionnait, cette blouse était vaguement inconfortable. Elle déboutonna sa robe salopette crasseuse et se délesta de la blouse. Gėlynas lui faisait des signes. Upė braqua ses jumelles sur lui. Il articulait exagérément quelques mots et elle lut sur ses lèvres *Maintenant que t'es à poil, autant venir te mouiller les fesses.*

— Impudent, renifla-t-elle.

Upė enveloppa ses jumelles dans le tee-shirt de Gėlynas avant de se jeter dans le lac. Elle battit frénétiquement des bras et des jambes pour se réchauffer ; elle avait la chair de poule. Gėlynas l'attendait, renversé sur le dos, immobile sur les faibles remous. Ses yeux s'écarquillaient dans son visage, et quand Upė eut nagé jusqu'à lui, elle les sonda avec curiosité. Le ciel et des rêveries confuses étaient couchés sur sa pupille noire et plate.

— À quoi tu penses ?

— Il ne vaut mieux pas que tu saches, Upė. Dis, on joue à « réel, pas réel » ?

Ravalant un soupir, elle se laissa flotter aux côtés de son ami.

— Je vois des créatures, là-haut, entre les nuages, commença Gėlynas. Réel ou pas réel ?

— Sois plus précis.

— Un renard. Tu ne trouves pas que ce nuage, au-dessus du saule, a un museau allongé et des oreilles pointues ?

Upė considéra le nuage, mais son esprit divaguait vers Gėlynas lui-même, essayant d'interpréter l'humeur dans laquelle il se trouvait.

— Réel. Un renard, ou un loup, peut-être. Il tire un peu la langue, non ? Il a dû courir sur des kilomètres pour trouver une proie. Et là, ce sont des flocons de neige sur sa truffe.

— Absolument, il est affamé ! Depuis des semaines, il rôde de forêt en forêt et la neige trompe son odorat.

— Le pauvre vieux n'a rien à se mettre sous la dent.

— Il va finir par se ronger une patte jusqu'à l'os !

— Toujours délicieusement graphique, Gėlynukas[1].

Il l'aspergea, mais le geste manquait de conviction. Upė cligna des yeux pour chasser l'eau qui s'était immiscée sous ses paupières.

— Je laisse passer pour cette fois, *Markas*. À la prochaine, je te noie.

— T'as déjà essayé, il y a douze ans.

— *Essayé*. Si j'y étais allée sérieusement, dis-toi bien que tu ne serais plus là pour raconter ta petite anecdote.

---

1. Dans la langue lituanienne, les prénoms masculins s'accompagnent parfois du suffixe « ukas » ou « iukas » pour marquer un lien d'affection au sein de la famille ou du cercle amical proche (se prononce « oukas » et « ioukas »).

Gėlynas n'écoutait plus, il pensait déjà à autre chose.

— Je vois une chouette harfang, ses ailes s'ouvrent, elle vole. Réel ou pas réel ?

— Réel. Elle hulule si tristement que le loup suspend sa course pour l'écouter.

— Je vois un monstre. Il est énorme mais il peut se glisser à travers l'interstice d'une porte, ses yeux sont bouffis, il a une crête de coq sur la tête et il marche sur ses pattes arrière. Il a des plumes sur le dos, on dirait de l'huile, du goudron bien noir. Ses pattes avant ressemblent à des mains d'homme, sauf qu'il n'a pas d'ongles, et pas d'empreintes non plus. Il appuie du doigt sur la vitre de ta maison, ça ne laisse aucune trace et pourtant il est bien passé par là, le monstre, seulement toi tu ne le sais pas, tu n'as aucun moyen de le savoir. Il a le pouvoir de rétrécir, aussi, de prendre la taille d'un moucheron. La nuit, quand tu dors, il rentre dans ta tête et il met le bazar là-dedans. Réel ou pas réel ?

Upė se retourna dans l'eau et se pencha au-dessus de Gėlynas. Les yeux bleu-gris, évaporés, ne rencontrèrent pas les siens. Ils continuaient de fixer quelque chose, hors d'atteinte.

— Réel pour toi, murmura-t-elle.

Elle passa un index mouillé sur le front de son ami et en défit les plis, un à un, terminant par la ligne rigide entre les sourcils. Quelque chose céda sous la peau, et le front de Gėlynas redevint lisse, bronzé par les longues baignades au soleil. Il cilla, sembla revenir au présent, à cette soirée d'août languide.

— Pas réel, alors, se renfrogna-t-il.

— Pourquoi tu ne prends pas tes médicaments ?

— Pourquoi tu ne retournes pas à Vilnius ?

Upė bascula en arrière, se déliant les membres dans un dos crawlé rapide et fluide. Elle toucha la rive la première et s'essuya avec le tee-shirt de Gėlynas. Sa peau humide sentait le lac, un parfum qui l'avait accompagnée chaque été de sa vie.

— Vite, mes vêtements, on se les caille !

Gėlynas avait fait irruption sur la berge, ruisselant, ses cheveux assombris par l'eau. Upė lui lança ses vêtements qu'il attrapa au vol.

— Pourquoi tu t'essuies toujours dans mon tee-shirt ? rouspéta-t-il.

— Parce qu'on oublie systématiquement de prendre une serviette.

— N'empêche. Tu pourrais te sécher avec tes propres fringues.

Ils continuèrent à se disputer sur le chemin du retour vers le village. Upė aimait bien se chicaner avec Gėlynas, c'était dans l'ordre des choses, et puis ça lui vidait la tête. De part et d'autre de la petite route poussiéreuse qui menait du lac au village, l'avoine mûrissait dans les champs d'ocre jaune, prête à être moissonnée. Vitres baissées, des voitures doublaient Upė et Gėlynas et disparaissaient au bout de la route. Les locaux rentraient chez eux ou allaient faire des courses de dernière minute à Moletai, et les estivaux retrouvaient leurs sodybas de vacances disséminées autour des lacs. Les deux amis firent étape à l'unique épicerie du village pour acheter des glaces à l'eau. Quand ils atteignirent la sodyba de l'oncle et de la tante d'Upė, ils avaient déjà fini leurs sorbets et faisaient craquer les bâtonnets sous leurs dents. C'était l'avant-dernière maison du village, en retrait de la route : il fallait suivre une allée entre des haies hirsutes, puis on débouchait sur la sodyba nichée au fond du jardin. Un imposant marronnier inclinait vers le toit son enchevêtrement de feuilles étoilées et dissimulait une partie de la façade. À l'angle de la maison, des tournesols aux pétales safran fléchissaient leurs têtes mélancoliques vers le soleil. Upė ramassa son vélo sur l'herbe et l'adossa au tronc de l'arbre. Gėlynas s'était assis sur la balançoire, les mains mollement serrées autour des cordes.

— Je suis sûr que ta tante ne va pas me proposer de rester dîner.

— C'est le jour des galettes de pommes de terre, tu ne rates rien d'exceptionnel.

— Elle ne le fait plus. M'inviter à dîner, je veux dire.

Upė saisit une des cordes de la balançoire pour la faire osciller, mais Gėlynas résista en plantant les talons dans le sol. Cela signifiait qu'il était diablement sérieux.

— Ça la fatigue de recevoir des gens à la maison.

— Tu mens mal, Upė.

— J'ai l'impression que tu as déjà une idée de ce que tu veux entendre.

Les pupilles de Gėlynas tressaillirent et il enfonça les pouces dans les fils usés de la corde.

— Je ne suis pas fou, lâcha-t-il à mi-voix.

— Personne n'a dit que tu l'étais.

— Les gens n'ont pas besoin de le dire. Je le lis dans leurs yeux, parfois.

La porte d'entrée de la sodyba grinça, les faisant sursauter tous les deux.

— Upė, il est temps de rentrer, nous allons passer à table ! Oh, Markas, tu salueras bien ta maman de ma part.

Comprenant qu'il était congédié, Gėlynas se détacha de la balançoire.

— Bonne soirée, tante Aušra ! Et toi, Upė, ben… à demain.

Elle regarda le tee-shirt à méduses – enfilé à l'envers après la baignade – se frayer un chemin entre les haies au feuillage dru. Elle regrettait de ne pas avoir pu poursuivre leur conversation, et se demanda comment Gėlynas se sentait, seul sur la route du village. Il avait peut-être enlevé ses tongs pour marcher à même le goudron encore chaud. Il n'y a pas grand-chose de plus satisfaisant, prétendait-il, que de sentir la route, solide, brûlée par le soleil, sous la plante de ses pieds. Sens-tu, Upė, combien elle est *réelle* ?

— Je ne sais pas si l'on fait bien de suivre sa fantaisie et de l'appeler Markas… Même toi, tu t'y es mise.

Aušra leva les mains en l'air pour se défendre. C'était une femme de haute stature, brune, aux yeux aussi bleus que l'avaient été ceux de la mère d'Upė.

— Indrė nous a implorés de jouer le jeu.

— Ça ne peut que le perturber davantage…

— Je suis d'accord avec toi, mais ce n'est pas mon rôle de dire à Indrė ce que j'en pense. Gėlynas n'est pas mon fils.

Elle tint la porte ouverte juste assez longtemps pour qu'Upė puisse se faufiler à l'intérieur et la referma convenablement, sans la laisser claquer.

Elle précéda sa nièce dans la salle à manger, une pièce très propre et meublée avec simplicité. Un bouquet de fleurs des champs trônait au milieu de la table en bois ancienne et le vaisselier de la grand-mère d'Aušra soupirait du désir d'exhiber sa porcelaine de Cracovie. Upė ne l'avait pas baptisé *Tavas*[1] sans raison.

— Plutôt que de t'inquiéter de Gėlynas, tu devrais songer à ton avenir, reprit Aušra en arrangeant les fleurs.

Upė disposa les assiettes de porcelaine sur la table et se livra au menu plaisir d'inverser l'ordre des fourchettes et des couteaux pour irriter sa tante.

— À ce propos, évite de partager mes projets avec la moitié du village. Une de tes amies m'a posé des questions indiscrètes cet après-midi.

— Upė, c'est tout le village qui se pose des questions. Et de quels projets parles-tu ? Le problème est justement que je ne vois pas où ils se cachent, tes projets.

— Travailler au bar. Observer les oiseaux. Passer du temps avec Gėlynas.

Elle s'assit dignement à table. Sa chaise était la plus proche de la fenêtre, qu'une branche de marronnier frappait au gré de la brise.

---

1. Paon.

— Très vite, ça ne te suffira plus. Tu le sais bien. Pourquoi ne me parles-tu pas de ce qu'il se passe dans ta tête ?

Aušra passa à la cuisine et réapparut avec les galettes de pommes de terre. Upė n'avait pas été tout à fait honnête avec Gėlynas en prétendant qu'il ne ratait rien : les galettes de sa tante étaient une merveille, dorées et croustillantes sur le dessus, fondantes à l'intérieur. Elle ajouta deux cuillerées de crème aigre sur un coin de son assiette et la saupoudra de brins d'aneth.

— Oncle Rytis ne mange pas avec nous ce soir ? Il est encore à l'atelier ?

— Il essaie de terminer cette commande pour le couple de Vilnius. Tu te souviens, la bibliothèque en bois de pin ? Il a dit de ne pas l'attendre.

— Son estomac le ramènera à la maison plus vite qu'il n'imagine.

Rytis ne sautait jamais un repas et elle ne croyait pas une seconde que ce soir serait différent. Sa tante se mit à bavarder de la façon qu'Upė aimait avec elle. Professeure de piano, Aušra se rendait en voiture d'un bout à l'autre de la région de Moletai pour enseigner et remarquait souvent quelque chose d'intéressant sur la route, une poussée précoce de champignons ou la parade nuptiale d'une cigogne mâle, par exemple. Quand l'oncle

Rytis rentra, Upė et Aušra dégustaient des abricots sur le petit banc du jardin.

— Déjà ? Tu l'as finie, ta bibliothèque ?

— Je vais juste manger un petit quelque chose, puis je retourne à l'atelier.

Il choisit un abricot dans la corbeille posée sur l'herbe. Avec sa silhouette robuste, ses épaules massives, Rytis leur masquait les derniers feux du soleil couchant.

— Le moral des troupes est bon ? Quelles sont les nouvelles du jour ?

— Ta nièce a fait les yeux doux à Gėlynas sous le marronnier.

— Ta femme a infiltré ses commères dans mon bar.

— Difficile de faire le tri entre les *fake news* et les informations fiables, commenta Rytis en se grattant la barbe.

Upė fit rouler un abricot contre sa joue. La flaccidité du fruit trop mûr la troubla et elle le porta rapidement à sa bouche. Aušra vantait la nouvelle blouse qu'elle cousait pour sa nièce.

— J'espère que tu as prévu un col moins serré.

— Je te trouve très critique, Upė. J'ai fait beaucoup de progrès depuis mes tout premiers modèles.

— Pourquoi est-ce qu'on doit être tes cobayes ? Oncle Rytis a l'air bête avec ses manches trop courtes.

— *Bête ?* Il est l'homme le plus élégant du village, protesta Aušra. Les femmes de la chorale me l'ont affirmé pas plus tard qu'hier ! Et si tu me laisses reprendre tes mesures correctement, tu vas bientôt faire fureur dans cette blouse bleu lavande. Ne bouge pas, je vais chercher mon mètre-ruban !

Aušra fila vers la maison, très contente d'elle-même et de ses grands projets pour sa nièce. À savoir, traduisit la nièce en question, en faire la jeune fille la plus démodée de la région de Moletai. Aušra appelait ça « vintage », « dans l'esprit bohème de notre Upė », mais Upė le voyait comme remonter la rivière à contre-courant en bravant la noyade à chaque brasse désespérée.

— Elle n'est pas si mal, cette chemise, sourit son oncle.

Il s'étira et ses manches se relevèrent encore plus haut vers ses coudes. Upė se décala sur le banc pour qu'il puisse s'asseoir à côté d'elle, ce qu'il fit en déployant des trésors de précaution. Elle savait que Rytis pesait chacun de ses gestes de peur que sa taille ou son poids ne provoquent quelque désastre imaginaire.

— Ton père a appelé à l'atelier, déclara-t-il d'une voix douce. Il a dit qu'il ne parvenait pas à te joindre sur ton portable. Je peux comprendre tes… réticences. Mais je crois qu'il aimerait savoir si tu vas bien, et pas par mon intermédiaire.

— Tu *crois* ? Oncle Rytis, tu es un idéaliste.

— Il vieillit, tu sais, et parfois quand on vieillit, on change. Oui, il a fait des erreurs, Upė, et je le lui ai dit plusieurs fois, mais…

— Mais, trancha-t-elle, qui m'a élevée ? Qui a pris soin de moi ?

D'un accord tacite, ils se turent en voyant Aušra revenir vers eux avec sa boîte à couture et l'ébauche de la blouse censée transformer Upė en icône régionale. La jeune fille laissa sa tante tourner autour d'elle avec son mètre-ruban. Derrière le marronnier, le soleil avait achevé son lent déclin et ne dispersait plus que quelques paillettes sur l'horizon. Elle ressentit la même frustration, en regardant les paillettes s'éteindre, qu'après un feu d'artifice.

2

Vilnius, octobre 2022

— Upė. *Upė !*

Elle secoua les cendres de sa cigarette au-dessus du vide et se tourna vers Vakaris, sans pour autant quitter sa place dans l'encadrement de la fenêtre. Elle avait encore du mal à se familiariser avec ce visage coupant, les petites pistaches vertes et effilées des yeux. Dans l'atmosphère pluvieuse qui jetait des ombres sur les murs, les tatouages de Vakaris semblaient presque vivants : les lignes noires roulaient sur la peau de son avant-bras, dansaient vers son triceps, et elle savait qu'elles poursuivaient leur ballet sous la manche de son tee-shirt pour se déverser sur son dos.

— Tu ne m'as pas entendu entrer ?

— Je déteste heurter ton ego, mais non.

Vakaris tritura le petit anneau en argent qu'il portait à l'oreille droite. Soudain, aussi vif qu'un serpent d'eau douce, son colocataire saisit la lettre qu'elle tenait à la main. Upė essaya de la lui arracher, mais Vakaris n'eut qu'à la brandir vers le plafond.

— « ... les nids des cigognes sur les poteaux électriques près du lycée sont vides, et les nids au sommet des frênes aussi, mais je suis moins triste quand je pense qu'au moment où je t'écris, elles dévorent des criquets bien croustillants en Afrique », cita-t-il. J'en étais sûr, encore une lettre tout droit venue du plus petit bled du district de Moletai...

Autrefois, Upė se serait emportée, mais depuis qu'elle vivait à Vilnius, l'embarras la submergeait régulièrement, par vagues tièdes et molles, et elle hésitait sur la conduite à tenir.

— C'est de mon ami d'enfance. Allez, rends-moi ça.

Avec un sourire en coin, Vakaris baissa le bras et lui tendit la lettre.

— Il est un peu simple, non ?

Upė récupéra sa lettre et retourna s'asseoir dans l'encadrement de la fenêtre.

— En fait, il est sans doute plus intelligent que toi, répliqua-t-elle froidement.

Le sourire de Vakaris s'élargit, comme l'invitant à poursuivre. Upė s'alluma une nouvelle cigarette – elle avait commencé à fumer à Vilnius, par nervosité ou pour le style, elle n'était pas bien sûre. Dans la maison aux briques jaunes, en face de la chambre d'Upė, une femme sortit sur son balcon et s'exposa à la pluie faible de ce début d'automne.

— À l'école primaire, ils avaient pensé la même chose que toi.

Elle savait pertinemment qu'elle mordait à l'appât, mais une partie d'elle ne pouvait s'empêcher de défendre le *bled*, comme l'appelait Vakaris, lui-même né et élevé à Vilnius. Son colocataire s'était rapproché, affichant une expression modérément intéressée. Avec ses cheveux teints en noir, son corps long et fin, Vakaris dégageait une aura ambiguë, plus complexe que les anciens camarades d'Upė au lycée de Moletai.

— Et ? l'encouragea-t-il.

— Les tests qu'ils lui ont fait passer ont révélé un QI nettement supérieur à la moyenne.

— Admettons. Simplet n'est donc pas si simplet que ça. Mais ce qu'il t'écrit, c'est vraiment des trucs de gosse, s'amusa Vakaris.

Refusant de lui laisser voir qu'il l'avait touchée, elle reporta son attention vers la femme sur le balcon. Celle-ci la regardait sans vraiment la voir. Les tuiles rouges du toit luisaient sous la pluie, et en bas, la rue Subačiaus, dépeuplée, s'enfonçait dans le crépuscule.

— *Upė, Upė, Upė*, se lamenta Vakaris. Il faut apprendre à laisser certaines choses derrière soi. Et puis, on est *vendredi soir*. Arrête de bouder, s'il te plaît, et prépare-toi à sortir.

Upė alla s'asseoir devant la table qui lui servait de bureau, de coiffeuse et de vide-poches. *Sėkmė*[1] était une belle table en bois de bouleau, un cadeau de Rytis pour célébrer son entrée à l'université de Vilnius. De son propre père, elle n'avait reçu qu'un virement sur son compte bancaire, aussi utile qu'impersonnel. Elle passa trois bracelets en argent à son poignet et toucha ses longs cheveux.

— Pourquoi tu soupires comme ça ?

Vakaris apparut derrière elle dans le miroir. Le fort contraste entre ses cheveux sombres et ses yeux verts faisait paraître Upė encore plus pâle, *insipide*.

— Comment veux-tu ressembler à quoi que ce soit, avec ça ?

— *Ça ?* répéta Vakaris. Tu veux dire, les cheveux d'un blond polaire qui te rendent unique ?

— Je n'ai pas de couleurs.

— *Upė, Upė, Upė*. Non, ne me regarde pas, moi. Regarde-toi.

Upė fronça les sourcils, mais elle obéit, fixa son reflet, ses yeux gris *comme de la poudre d'étoile*

1. Chance.

morte, avait affirmé un jour Gėlynas, croyant lui faire un compliment.

— Ceci, Upė, est un signe distinctif. Et ce qui distingue, par définition, rend spécial. Tu ne crois pas ?

Upė aurait voulu rester insensible aux mots de Vakaris, mais ces mots caressaient quelque chose au fond d'elle-même, quelque chose de fragile et de glouton, et elle scrutait à présent son image avec une intensité telle qu'elle s'attendait à la voir quitter le miroir et se matérialiser dans la pièce.

— Tout *ça* n'a besoin que d'un coup de ciseaux pour être un peu moins lisse.

Vakaris avait pris la paire de ciseaux sur la table. Rassemblant les cheveux d'Upė d'une main, il quêta son assentiment dans le miroir. Le crissement des ciseaux résonna aux oreilles d'Upė plusieurs secondes après qu'il les eut reposés. En face d'elle, une fille avec un carré de cheveux lui arrivant juste sous le menton la regardait. Ses yeux semblaient plus volontaires, sa bouche plus sensuelle. Vakaris recula, et elle sut à son air satisfait qu'il avait saisi le bref sourire adressé à son propre reflet.

— Je te l'avais dit. Un coup de ciseaux, et c'est tout.

Il fit demi-tour vers la porte, s'y attarda un instant.

— Prépare-toi, on part dans dix minutes.

Upė choisit dans son placard la jupe asymétrique en satin noir que Giedrė l'avait poussée à acheter aux fripes et l'associa à un haut violet en fausse dentelle laissant deviner sa brassière. Quand Vakaris et Giedrė passèrent la chercher dans sa chambre, elle sentit leur approbation l'envelopper tel un chaud manteau de plumes.

— Il ne mentait pas, tu l'as *vraiment* laissé te couper les cheveux !

— Et d'un coup de ciseaux, Upė des lacs devint Upė de Vilnius, plaisanta Vakaris.

Les phares des voitures lançaient de vagues appels lumineux dans la nuit froide d'octobre. Upė, Vakaris et Giedrė rasaient les murs chaque fois qu'un véhicule roulait dans une flaque pour éviter d'être aspergés. Les façades en briques nues ou enduites d'une peinture colorée qui s'effritait semblaient absorber la pluie. L'excitation cognait dans le ventre d'Upė, s'étalait dans sa poitrine comme une fleur. Vilnius sentait l'eau et la vie. Dans la vieille ville à l'architecture baroque, les rues dessinaient un réseau de lignes étroites, aux angles cassés. Rue Rūdninkų, les façades rose pivoine de l'église Visų Šventųjų brillaient comme un joyau. Vakaris avait raconté à Upė l'histoire de cette église, utilisée comme hôpital de campagne par les armées napoléoniennes. Pendant l'occupation nazie, le clergé de l'église faisait passer clandestinement de la nourriture dans le ghetto de Vilnius et avait aidé des Juifs à s'évader. D'autres groupes de jeunes gravitaient vers la vieille ville et encombraient les trottoirs devant Špunka, rue Etmonu, environnés de la fumée de leurs cigarettes. Même ceux dont le visage était calme diffusaient ce parfum d'excitation, d'attente démesurée et pleine d'espoir. Vakaris claqua dans les mains de ses amis de l'Académie d'arts et les deux filles l'abandonnèrent pour aller commander leurs bières. Bar légendaire pour la population étudiante de Vilnius, Špunka occupait le rez-de-chaussée d'un bâtiment aux briques rongées par le climat continental. Dans la cour intérieure, les hautes tables en bois débordaient de monde et le brouhaha écrasait chaque voix, les réduisant à un grondement collectif. Upė voyait tant de visages, à Vilnius ! Cela ne cessait de la surprendre : l'abondance des visages, féminins, masculins, androgynes, ronds, carrés, un peu de travers, des coupes mulet, des cheveux bleus, des piercings qui étincelaient aux oreilles, aux sourcils ou aux nez.

— Upė, arrête de dévisager les gens comme ça, rit Giedrė en la tirant vers le dédale de pièces.

Les filles s'appuyèrent au comptoir et Giedrė leur obtint rapidement des bières. Elle n'hésitait pas à se jeter sur les baristas, alors que la plupart des étudiants faisaient preuve de réserve, surtout ceux originaires de la province.

— Viens, retournons dehors, c'est trop plein ici !

La pluie s'étant interrompue, de plus en plus de personnes se massaient sur le trottoir. Vakaris se disputait avec un de ses copains – lui-même qualifiait leurs interminables duels « d'échanges de points de vue ».

— *Non*, Pijus, expliquait-il sur un ton excédé, je te dis que l'union homosexuelle ne passera pas cette année en Lituanie, ni la suivante, ni celle d'après. Elle ne sera même pas à l'agenda politique. Tu te trompes sur la mentalité dans les campagnes et ton optimisme déforme toutes tes opinions, c'est usant.

— Mais regarde autour de toi ! Vilnius est prête, tous ces gens autour de nous le sont, ce n'est plus qu'une question de mois pour que ça bouge ailleurs dans le pays !

— Tu vis à Naujamiestis[1] depuis trop longtemps pour avoir encore toute ta tête. Tiens, demande à Upė ce qu'elle pense de la question, elle vient de la Lituanie profonde, *elle*.

---

1. Se traduit par « ville nouvelle », quartier hipster de Vilnius.

Upė, assise au bord du trottoir avec Giedrė, but quelques gorgées de bière avant de répondre. Les deux garçons la fixaient comme si de sa bouche pouvait sortir la seule et unique vérité. Ils étaient tous à la recherche de *la vérité*.

— C'est Vakaris qui a raison. Déjà, la proportion de personnes âgées est bien plus importante qu'à Vilnius. Ensuite, là-bas, pas mal de gens sont attachés à une certaine idée de la Lituanie. Je suis en guerre avec la moitié de mon village sur la question du mariage gay.

— Merci, Upė, d'introduire la notion de *réalité* dans le petit monde enchanté de Pijus.

Upė n'écoutait déjà plus qu'à demi et le temps s'étira, changea de texture, il devint liquide, indéterminé. La tête de Giedrė quitta son épaule lorsque Vakaris les exhorta à se lever pour continuer la soirée au Kablys[1]. Upė ne se rappela pas le trajet, il lui sembla avoir sauté directement du trottoir devant Špunka à la piste de danse du Kablys. Elle devait avoir de la fièvre, comment expliquer sinon les murs et les corps qui se gondolaient comme du papier mouillé ? Elle n'avait pas trop bu, non, elle ne pensait pas. Vakaris et Giedrė dansaient non loin d'elle, la tête méchée de rose de Giedrė

1. Boîte de nuit à Vilnius.

oscillant à contretemps. Upė aurait juré que cette tête était prête à se détacher de son cou et à rouler entre les centaines de pieds. L'extrémité de ses courts cheveux pâles frottait contre ses joues, une sensation nouvelle. Upė sentait des yeux sur elle, des yeux de filles, des yeux d'hommes, et l'euphorie envoyait de petites décharges sous sa peau. Vakaris dansait toujours, en l'étudiant du coin de l'œil. Il toucha l'anneau à son oreille, ses lèvres remuèrent.

Et Upė des lacs devint Upė de Vilnius.

3

Le mois d'août poursuivait son cycle, de longues journées au ciel immuablement bleu qui s'égrenaient, une à une, comme les petites graines de tournesol que Gėlynas faisait tomber de ses poches. Il s'agenouillait pour les ramasser sur la route ou entre les rainures du plancher. À la sortie du travail, il en décortiquait une poignée pour Upė et lui-même. Si les journées restaient chaudes, les nuits avaient fraîchi. Upė, qui dormait la fenêtre ouverte pendant l'été, se réveillait à l'aube avec le froid. Elle avait sorti de la penderie une courtepointe en patchwork et la remontait sous son menton. Elle se rendormait une heure ou deux, et les carrés de tissu hantaient parfois ses rêves : la soie d'un orange passé, le coton à pois, les pièces de tissu fleuri qui avaient un jour été les rideaux du salon. L'étoffe l'emmenait dans le nord de l'Inde, elle traversait le Népal en train, continuait par-delà les montagnes aux sommets brumeux. Et elle découvrait de la soie, des kilomètres de soie, d'une vibrante couleur écorce de clémentine, elle s'en saisissait à bras-le-corps pour en éprouver la douceur. Elle se levait le matin avec la sensation de revenir de très, très loin. Et d'une certaine manière, c'était vrai.

Upė coupait à l'occasion par la forêt pour éviter la route et voyait la lumière frémir entre les pins. Le bois craquait, grinçait, il parlait une langue archaïque dont elle sentait qu'elle aurait pu la comprendre si seulement elle avait disposé de l'appareil auditif d'un oiseau. *Les oreilles humaines ne savent plus vraiment écouter*, marmonnait souvent Petras au-dessus d'une bière. *La faute aux usines qui ont poussé partout où les Soviets ont planté leur drapeau rouge, et puis après, quand ils sont partis, ça a été notre faute à nous avec tous ces gadgets*. Upė palpait avec intérêt les piqûres de moustique et les cloques laissées par les orties sur ses chevilles. Ces démangeaisons prouvaient que le monde extérieur pouvait encore percer sa bulle.

Des appels manqués s'affichaient sur le cadran de son téléphone. Elle les chassait de son esprit en entraînant Gėlynas dans les tourbières, à la recherche des oiseaux migrateurs. Ses jumelles ne quittaient plus le tour de son cou, car si elle percevait la lente bascule vers le changement de saison, les oiseaux la ressentaient aussi, et mieux qu'elle-même. Depuis l'enfance, Gėlynas avait du mal à tenir en place, mais lorsqu'ils observaient les oiseaux, il se montrait étonnamment discipliné. Ses cheveux blond foncé coincés derrière ses oreilles, accroupi entre les roseaux, il griffonnait sur leur carnet d'observation, levant de temps à autre la tête pour reproduire avec fidélité la géométrie des couleurs sur le dos d'un vanneau huppé. Mais elle voyait les cernes bleuir autour de ses yeux, et parfois il semblait s'absenter de son propre visage, ses iris deux fenêtres ouvertes sur une maison vide. Il faisait craquer nerveusement les jointures de ses doigts, pivoter sa nuque de gauche à droite.

Un après-midi, il jeta le carnet sur les genoux d'Upė sans terminer son croquis et se leva brusquement.

— Qu'est-ce que tu fiches, Gėlynas ?

— Tu vois bien. Je vais nager.

Il arracha son tee-shirt et son jean comme si les vêtements lui brûlaient la peau. Upė détourna la tête au moment où il se débarrassait de son caleçon.

— Tu n'as pas fini ton croquis. Et la grue s'est envolée, grâce à ta discrétion légendaire.

— Parce qu'elle a compris que c'est l'heure de nager.

L'irritation fébrile qui émanait de tout le corps de Gėlynas stoppa net Upė dans sa tentation de riposter. Complètement nu, il écarta les roseaux et se coula dans le lac. Il commença aussitôt à nager vers l'autre rive. Upė regarda le carnet ouvert sur ses genoux : loin de son tracé habituellement soigné, Gėlynas avait gribouillé une grue qui aurait pu être l'œuvre d'un enfant. Il l'avait raturée et avait esquissé une autre grue sur la page voisine, qu'il avait gratifiée d'une crête de coq et de globes oculaires exorbités. Upė referma le carnet d'un geste sec. Elle se leva et repéra la tête de Gėlynas dans l'eau. Cette partie du lac Luokesai n'était pas très large, mais son ami ne prenait aucune pause. Le mouvement hypnotique de la lumière sur l'eau floutait les lignes de sa tête, de ses épaules, et Gėlynas semblait disparaître, se dissoudre dans la lumière d'été. Upė savait qu'il ne servirait à rien de lui dire de s'arrêter. Elle comptait en elle-même chacun de ses passages d'un point à l'autre du lac. Enfin, elle pressentit que la huitième longueur serait la dernière. Elle sentait une colère sourde prendre peu à peu le dessus, défaire le nœud d'angoisse dans sa gorge. Upė avait envie de crier après Gėlynas, de lui dire exactement ce que les autres murmuraient dans son dos. Mais lorsqu'il revint sur la terre ferme, elle serra les lèvres pour ne pas laisser les mots lui échapper. Gėlynas chancela jusqu'à elle et s'allongea sur le sol sableux. Son corps tremblait d'épuisement. À bout de souffle, il respira un long moment sans rien dire.

— Ça va mieux ? lâcha Upė.

Il opina du menton, les yeux toujours fermés. Du sable et des aiguilles de pin s'étaient collés à sa peau mouillée et lui faisaient une drôle de figure. Elle démêla ses cheveux du bout des doigts, retirant un à un les débris végétaux. La violence déconcertante de sa colère se calmait et elle n'éprouva bientôt plus qu'une grande fatigue.

— Tu te souviens du jour où tu es restée ici pour de bon, Upė ?

Sa main s'arrêta et demeura posée là, sur la tempe froide de Gėlynas.

— Bien sûr. Comment oublier le jour où j'ai compris que j'étais désormais condamnée à voir ta tête à longueur d'année et plus seulement pendant les vacances ?

— Moi, j'étais vachement content que tu restes. Mais quand je l'avais dit à ma mère, je m'étais fait engueuler, tu n'imagines pas à quel point. Elle disait que j'aurais dû être triste pour toi.

Upė leva la tête vers la cime des pins, qui se balançaient avec lenteur sur la gouache bleue du ciel. Le jour où son père l'avait laissée chez Aušra et Rytis, le ciel était bleu aussi, mais un bleu que l'on aurait dilué à l'eau.

— Tu n'avais que sept ans. Trop jeune pour voir plus loin que ton nombril.

— J'ai jamais eu de père et j'ai toujours eu ma mère. Donc je sais pas ce que ça fait, de perdre quelqu'un. Et je sais pas non plus ce que ça te fait aujourd'hui.

— Et si tu te rhabillais plutôt que de philosopher sur la vie, la mort, et tout ce qu'il y a entre les deux ?

Gėlynas se redressa et essuya sa joue pleine de sable avec dépit.

— Tu réponds jamais à mes questions.

— Avoue qu'elles sont extraordinairement fouineuses.

— Je m'intéresse à toi.

— Brigita et Ramunė aussi.

— T'es pas juste, là.

Upė marcha vers le lac, laissant à Gėlynas un peu d'intimité pour se rhabiller. Ses pattes fines repliées contre son ventre, une cigogne survolait la procession de pins de l'autre côté du lac. Upė contempla les eaux transparentes qui affleuraient à ses pieds, puis les plis sombres qui ondulaient au cœur du lac. Un frisson remonta le long de sa colonne vertébrale.

— Pardon, Upė.

Elle se retourna. Les cheveux de Gėlynas gouttaient sur le col de son tee-shirt et il l'observait de ses yeux clairs, ourlés de cernes.

— D'être pire qu'un agent du KGB ?

— De t'avoir fait peur.

Troublée, Upė se baissa pour relacer ses sandales. Elle rangea leur carnet d'observation et les deux crayons à papier dans son sac en toile.

— Le vieux Petras m'a invité à manger une šaltibarščiai[1], reprit Gėlynas. Tu veux venir ?

— Il serait ravi de savoir que tu étends son invitation à tout le quartier.

— Il a dit que je pouvais t'inviter, toi.

Upė allait refuser, puis se rappela les quatre murs de sa chambre, les livres qu'elle ne parvenait pas à lire, empilés sur sa table de chevet. Les regards de plus en plus soucieux qu'Aušra et Rytis échangeaient à table. Les questions qu'ils n'osaient pas poser mais qu'elle voyait rôder sur leurs lèvres. Une šaltibarščiai chez Petras, aussi radoteur soit-il, représentait une alternative tentante.

— Pourquoi pas. Tu as pensé à prendre quelque chose à l'épicerie ?

1. Soupe froide d'été très populaire en Lituanie (betteraves, kéfir, concombres, radis, aneth).

— Je vais acheter des glaces. J'aime les glaces. Tout le monde aime les glaces.

— Ton sens de la déduction est stupéfiant, Gėlynas.

— *Markas*. J'ai envoyé hier les papiers au ministère de l'Intérieur. Pourquoi tu continues à nier l'inévitable ?

Ils marchèrent dans la forêt une bonne heure avant de retrouver la route du village. Upė n'avait pas réalisé combien ils s'étaient éloignés. En arrivant en vue des premières maisons, de petites sodybas qui auraient eu besoin d'un coup de frais, ils s'arrêtèrent pour vérifier qu'ils n'avaient pas de tiques sur les jambes. Gėlynas avait tendance à négliger les sentiers pour déambuler dans la mousse et les fougères.

— J'en ai une dans le creux du genou, déclara-t-il. Tu me passes la pince ?

Elle le regarda retirer la tique avec l'habileté que seule une pratique régulière permet.

— Je suis sûre que ta mère a eu ses premiers cheveux blancs le jour où tu t'es assis dans un nid de tiques. Tu en avais même dans l'entrejambe, à ce qu'on raconte.

— C'est faux. Je sais pas combien de fois je vais devoir répéter la vérité pour qu'on me croie.

À l'épicerie, Violeta sommeillait au comptoir et ne souleva qu'à demi les paupières.

— Encore pour des glaces ? Tout ton salaire y passe, ma parole.

— Seulement un sixième de mon salaire, corrigea Gėlynas en ouvrant le freezer.

Il choisit deux esquimaux Pols au chocolat blanc. Upė aimait bien l'emballage bleu à l'ours polaire et attrapa dans le freezer un bâtonnet de la même marque. Il fallut un certain temps à Violeta pour s'apercevoir qu'ils attendaient de payer devant la caisse enregistreuse. Elle prit le billet de dix euros de Gėlynas d'une main manucurée.

— Tu n'as pas très bonne mine, jeune homme. Tout va bien pour toi ?

— Fantastique. Je vais bien, ma mère va bien, et je fais bien mon travail.

— C'est le bar qui te fatigue comme ça ?

— Pas du tout, c'est juste que je vieillis, comme tout le monde. Mon visage commence à marquer un peu, j'imagine.

Violeta fit tourner stoïquement son bonbon à la menthe dans sa bouche en considérant Gėlynas de haut en bas.

— Tu as dix-huit ans.

— Est-ce que vous pouvez me rendre la monnaie ? Upė et moi, on est attendus quelque part.

Sans s'offusquer, Violeta tapota ses boucles grises bien brushées et remit une armée de piécettes à Gėlynas. Petras habitait à deux pas de l'épicerie, dans une sodyba reflétant ses convictions : le bois avait la couleur du miel de sapin et une impression de calme et de permanence s'en dégageait. Il leur ouvrit la porte dans sa veste de velours la plus formelle. Upė le soupçonnait fortement de s'être fait tailler la moustache à Moletai.

— Ah, tu as amené la fille d'Aušra, c'est bien.

Elle n'eut pas l'énergie de lui rappeler qu'Aušra n'était pas sa mère. Petras les conduisit dans la cuisine et les invita à s'asseoir autour de la table calée contre le mur, en face d'un réfrigérateur ronflant qui devait dater du siècle dernier. La table était si minuscule que les genoux d'Upė et de Gėlynas s'entrechoquèrent. Gėlynas étendit ses jambes en diagonale, au risque que le vieil homme de plus de quatre-vingts ans s'y prenne les pieds. Mais Petras allait et venait dans la cuisine en les évitant avec grâce.

— Je garde tes glaces au réfrigérateur pour le dessert.

— Elles vont fondre, non ? s'inquiéta Gėlynas.

— Mais non.

Petras tira du réfrigérateur une marmite de šaltibarščiai et entreprit de remplir trois bols à la louche. Il s'y prenait avec tant de lenteur qu'Upė reposa la tête contre le mur, se laissant gagner par une espèce de somnolence. Le poste de radio, en équilibre précaire sur l'évier, diffusait les dernières nouvelles du monde politique sur un ton des plus monotones.

— Je peux changer de station ? demanda Gėlynas.

— Si tu veux.

Gėlynas se mit à tripoter le bouton au hasard, Upė en était sûre, jusqu'à ce qu'il tombe sur de la musique. Une chanson du groupe letton Dzeltenie Pastnieki crachota dans la petite cuisine ; ils l'écoutèrent pendant que Petras remplissait les bols. La lumière du début de soirée avait pris de chauds reflets d'ambre et coulait sur leurs visages à travers la fenêtre.

— C'est un signe, déclara soudain Gėlynas. Ma chanson préférée de Dzeltenie Pastnieki, pile quand j'ai tourné le bouton de la radio.

— Un signe de quoi, mon garçon ?

Petras posa devant Upė et Gėlynas des bols de soupe rose, couronnée d'un œuf de caille et d'aneth. Upė enfourna aussitôt une cuillerée de šaltibarščiai, savourant l'aigreur du kéfir associée au goût sucré de la betterave.

— Je ne sais pas encore, mais ce n'est pas une coïncidence, soutint Gėlynas.

— Tu t'emballes un peu trop pour une vieille chanson des années 90, intervint Upė.

— De 1984. Comme *1984*, de George Orwell. Tu saisis ?

— Qu'est-ce que je suis censée « saisir » ?

— Est-ce qu'il faut vraiment que j'explique tout ?

— Mangez votre soupe, leur rappela Petras.

Gėlynas engloutit la moitié de son bol, mais il n'en avait pas fini. Il ne lâchait pas facilement un sujet, tout boiteux qu'il soit, surtout s'il reposait à cent pour cent sur de la pensée magique.

— Rien que le titre de la chanson, déjà. *Milžu ciņa* Ça parle de géants qui participent à un immense combat, et le monde entier les regarde et applaudit le vainqueur. Le géant est très malheureux et il a faim mais il ne peut pas retourner dans la forêt manger des ours, et il a très peur de se faire dévorer par un autre géant. Les gens parlent dans son dos, ils commencent à en avoir marre de lui… *Redziet, cik šis milzis nelaimīgs…*

— C'est une bonne chanson, convint Petras. Mon garçon, tu veux bien nous faire cuire quelques varškėčiai[1] ? J'ai préparé la pâte, mais j'ai le poignet

1. Pancakes légèrement sucrés à base de fromage au lait caillé.

faiblard, ces jours-ci, la poêle est trop lourde pour moi.

Upė admira l'adresse de Petras à désamorcer un monologue possiblement sans fin et à valoriser Gėlynas, toujours avide de démontrer ses capacités à la vie pratique. Son ami alla plonger les mains dans la pâte à varškėčiai pour former des petits tas, qu'il fit ensuite glisser dans la poêle huilée. Petras décocha à Upė un clin d'œil discret.

— J'ai parlé à Dainius de la couleur du bar, aujourd'hui. Il ne l'a pas très bien pris, je crois.

— Qu'est-ce qu'il a dit ? demanda Upė.

— « Ce qui est fait est fait, Petras. Il va falloir vous y habituer, ou aller voir ailleurs. »

— C'est le seul bar du village. En clair, ça revient à vous dire d'aller boire votre bière à dix kilomètres.

— Il me fait penser à son grand-père. Cet homme était un renard, il menait ses affaires en douce. Après l'indépendance, il a prétendu avoir résisté contre les Soviétiques tout au long du régime, mais comment un dissident aurait-il pu obtenir une Lada[1] dès 1975, hein ?

1. Marque de voiture produite par AvtoVAZ, une entreprise d'État soviétique, apparue pour la première fois en 1973. Les citoyens soviétiques s'inscrivaient sur une liste de demande et devaient souvent patienter plusieurs années avant d'obtenir un véhicule.

Gėlynas leur tendit une assiette de varškėčiai et s'attaqua à une seconde fournée. Les pancakes grésillaient dans l'huile. L'odeur de gras allait s'accrocher à leurs vêtements, mais elle rappelait à Upė celle des petits déjeuners de son enfance.

— Je vous ai parlé de mon association clandestine de poésie ? Dans le temps, ça, c'était un acte de résistance. On aurait pu avoir des problèmes. À un moment, on a imaginé qu'il y avait un espion dans la bande, et on ne s'est pas réunis pendant des mois. Sauf que les hivers étaient plus rudes qu'aujourd'hui, et si longs, de grands tunnels noirs. Si bien qu'avant la fin février, on n'a pas pu continuer à vivre sans ça, on a repris nos rencontres. Au final, personne ne nous a dénoncés. Tout le monde était paranoïaque, on croyait voir des espions partout. Quand j'étais gamin, sous Staline, j'avais peur d'éternuer. Vous voulez une petite cigarette, les enfants ?

Gėlynas, qui s'était adossé à la cuisinière et mangeait sa portion de pancakes à même la poêle, fronça les sourcils.

— C'est mauvais pour la santé.

— Elles sont bien meilleures que les cochonneries qu'on devait fumer il y a trente-cinq ans.

— J'en prendrais bien une, moi, décida Upė.

Elle n'avait pas fumé depuis la fin de l'année universitaire à Vilnius, et sa main trembla en approchant la cigarette de la flamme du briquet. Gėlynas perdit son air désapprobateur et tira à son tour une cigarette du paquet. Upė souffla la fumée par la fenêtre. Une hache et des bûches gisaient sur l'herbe, près des buissons de roses de Petras. Elle termina sa cigarette et, quand elle l'écrasa dans le cendrier, croisa le regard de Gėlynas. Son mégot au bout des doigts, il la fixa encore quelques instants puis baissa les paupières.

— C'était même pas bon, marmonna-t-il en le jetant dans l'évier.

Upė en prit une autre dans le paquet et se leva. Elle avait soudain envie de s'en aller.

— Tu t'en vas, Upė ? lança Gėlynas. Et ta glace ?

— Tu peux la manger.

Upė remercia Petras et prit le chemin de la maison. Tout était immobile dans le village. Il n'y avait pas de vent, et on sentait dans l'air cette électricité craquante qui précède l'orage. Le premier roulement de tonnerre résonna dans le ciel. L'immobilité céda d'un seul coup : le vent enfla, agita le seigle et l'avoine comme des grelots dans les champs au-delà des dernières habitations du village. Upė traversa le jardin en courant et la pluie s'abattit à peine la porte de la maison claquée derrière elle.

— Juste à temps pour les feuilletés à la viande, annonça Aušra depuis la cuisine.

— J'ai déjà mangé.

Aušra apparut dans l'angle de la cuisine. Habiter chez un couple de géants avait ses désavantages : quand sa tante était d'humeur à exercer son autorité, il lui suffisait de se tenir droite pour paraître intimidante.

— Où étais-tu passée toute la journée ? Je ne t'ai même pas vue quitter la maison ce matin.

— Les options étant assez limitées, je suis sûre que tu peux deviner par toi-même.

— Tu empestes la fumée. J'imagine que Petras continue à essayer d'intoxiquer nos enfants.

— Heureusement que tu n'en as pas.

Upė profita de la sidération de sa tante pour filer à l'étage. Elle avait des remords, mais il valait mieux qu'Aušra garde ses distances. Elle renversa le contenu de son sac sur son bureau et reprit au stylo à encre les notes de la journée dans le carnet d'observation. Elle hésita avant d'arracher la page où Gėlynas avait gribouillé son drôle d'oiseau et la déchira en petits morceaux afin de s'assurer que personne ne pourrait la trouver dans la corbeille. Dehors, l'orage d'été diminuait en intensité. La pluie ne tambourinait plus contre la fenêtre de sa chambre, les grondements de tonnerre s'espaçaient. Upė s'était allongée sur son lit pour essayer de lire. Elle comprit qu'elle avait dû s'endormir – mais combien de temps ? – quand des éclats de voix dans l'escalier la firent sursauter. La porte de sa chambre s'ouvrit à la volée sur Indrė, la mère de Gėlynas. Elle portait le maquillage soigné qu'elle arborait en toutes circonstances, mais ses cheveux étaient en désordre et elle avait aux pieds des sandales d'intérieur en plastique. Elle ressemblait à quelqu'un qui se serait rué hors de sa maison. En pyjama et chemise de nuit, Rytis et Aušra la talonnaient.

— Où est Gėlynas ? s'étrangla Indrė.

— Indrė aimerait simplement savoir si tu as vu Gėlynas ce soir, reformula Rytis. Il n'est pas encore rentré à la maison.

— Il est presque minuit, le coupa Indrė d'une voix stridente. Il n'a pas dîné chez nous ! N'a laissé aucun message ! Ne répond pas aux miens !

Upė se redressa prudemment en position assise. Elle sentait un début de mal de crâne lui vriller les cervicales et embourber ses pensées.

— Avec Gėlynas, on a dîné chez Petras. Il y est toujours, sans doute. À boire une affreuse tisane à la sauge.

— Une tisane ? répéta Indrė avec un rire nerveux. Tout le monde connaît le penchant de Petras pour la bière. Et tu sais très bien que Gėlynas ne doit *pas* boire d'alcool. C'est mauvais pour... pour ce qu'il a ! Comment as-tu pu le laisser seul avec ce vieil alcoolique ?

— Indrė, ça suffit, s'interposa Aušra.

La mère de Gėlynas repoussa la main qu'Aušra avait posée sur son bras et prit une profonde inspiration, dans l'effort visible de se maîtriser.

— Appelle-le, Upė, exigea-t-elle. À toi, il répondra.

Peut-être qu'il ne répond pas parce qu'il en a assez de t'avoir sur le dos, songea Upė. Elle attrapa néanmoins son téléphone. Gėlynas décrocha au bout de quelques sonneries.

— Markas ?

Indrė porta les deux mains à sa bouche.

— Pourquoi tu m'appelles ?

— Tu es toujours chez Petras ?

— Non. Je me promène.

— Super, mais tu te promènes où, au juste ?

— Tu sais que j'aime bien les balades nocturnes.

— Tu n'aurais pas oublié de prévenir ta mère, par hasard ?

— Ah. Je vois.

— Si tu vois, alors ne tarde pas trop à rentrer.

Upė reposa son téléphone sur la table de chevet. Sans un mot de remerciement ou d'excuse, Indrė fit demi-tour et redescendit l'escalier d'une démarche de somnambule.

— Je vais la raccompagner, murmura Rytis.

Restées seules, Upė et Aušra se dévisagèrent. Les mots qu'Upė avait prononcés plus tôt dans la soirée flottaient entre elles. Sa tante parut sur le point de venir s'asseoir à ses côtés puis renonça.

— Beaucoup de drama pour pas grand-chose, finit par lâcher Upė.

— Tu n'as aucune idée de ce que c'est, d'être la mère d'un garçon pareil. Gėlynas devient ingérable.

— « Ingérable » ? Parce qu'il est allé rendre visite à un vieil homme inoffensif et qu'il a voulu faire une petite balade après ? Et si on arrêtait de l'empêcher de vivre ?

— Ce que tu appelles une petite balade, c'est errer dans la forêt de nuit, pendant des heures, sans aucune notion du temps, sans penser aux autres. Et Dieu seul sait ce qui peut fourmiller là-haut, dans sa tête.

Upė songea aux morceaux de papier dans la corbeille. Elle attendit que sa tante ait quitté sa chambre pour allumer la cigarette de Petras à la fenêtre. L'orage avait lavé la nuit. S'accoudant à la fenêtre, Upė s'absorba dans ses souvenirs, guidée par l'odeur de la fumée qui la ramena à Vilnius, une nuit parmi tant d'autres, comme piochée au hasard.

4
Vilnius, décembre 2022

La sensation était incomparable. Ensevelie sous une neige qui mordait ses membres jusque dans la moelle de ses os. Les flocons tombaient en taches bleues sur la nuit blanche.

Elle expira dans un soupir qui lui brûla la gorge.

Une autre bouffée. Le plafond en bois de l'avant-dernière maison du village, la rampe de l'escalier. La bouche sévère de son père. *Je pars, Upė. Je reviendrai… bientôt.* Upė ne comprend pas pourquoi Aušra pleure, elle-même ne ressent rien. La porte s'ouvre sur un rectangle de ciel bleu. Elle ne voit plus qu'un dos qui disparaît dans tout ce bleu, le reflet métallique de clefs de voiture.

Pantelante, Upė recracha la fumée hors de ses poumons, vomit le souvenir. Elle avait des frissons partout, et l'envie de se recroqueviller sur elle-même.

— Arrêtez de lui faire fumer ça, vous voyez bien qu'elle le supporte mal, claqua la voix de Giedrė.

Quelqu'un – *Vakaris* – lui prit la chose des mains et inhala une bouffée.

— Giedrė a raison, Upė des lacs : c'est assez.

Elle reprenait peu à peu conscience de son environnement. Ce n'était pas la neige qui était bleue, mais la nuit. Les fenêtres du salon étaient grandes ouvertes et des coups de vent glacial leur soufflaient des cristaux de neige à la figure. Ils étaient six, répartis ici et là sur le canapé ou par terre. Upė elle-même était pelotonnée dans un coin du canapé. Les décorations de Noël clignotaient de rouge, d'or et de vert, entortillées autour des étagères où Vakaris, Giedrė et Upė entassaient leurs livres. Elle ne savait pas quelle heure il était, mais se rappela qu'elle avait un devoir à rendre pour le lendemain. Les deux précédentes copies, elle avait obtenu un peu plus que la moyenne. Aucun de ses devoirs ne tombait en dessous, mais aucun non plus ne se tirait vers la fourchette haute de la promotion. Les pensées se bousculèrent dans sa tête, le devoir à finir, les cadeaux de Noël qu'elle n'avait pas achetés pour sa famille, Pijus se moquant des quelques mots de dialecte qui lui venaient encore spontanément à la bouche, et puis ce type qui dormait dans son lit quand elle était partie à ses cours de l'après-midi.

— J'ai une copie à finir, marmonna-t-elle.

Vakaris posa une main sur son épaule pour l'empêcher de se lever.

— Pas si vite, Upė.

Était-elle la seule à être si tendue ? Elle regarda autour d'elle, et tous lui parurent à l'aise, parfaitement à leur place. Malgré elle, Upė se renfonça dans la mollesse du canapé.

— On parlait de la guerre en Ukraine, juste avant que tu ne partes un peu dans les vapes, l'informa Vakaris d'un ton aimable.

— Kostas disait qu'il va se faire faire un nouveau tatouage à l'effigie d'une Ukrainienne, avec le slogan *Slava Ukraini*.

— Et c'est ce que vous appelez « parler de la guerre en Ukraine » ?

Upė s'était exprimée plus vite qu'elle ne l'avait voulu, sans laisser le temps à son cerveau de faire son travail de filtre. Ses amis tombèrent dans un silence embarrassé, que Giedrė finit par rompre d'un raclement de gorge.

— Avant le tatouage, on parlait de cotiser pour envoyer de l'argent là-bas.

— Et quand les Russes envahiront la Lituanie, tu te feras faire un tatouage aussi, Kostas ?

— Est-ce que tu m'accuses de ne pas prendre la situation au sérieux ? réagit-il. Tu auras du mal à trouver quelqu'un ici de plus bouleversé que moi par les événements en Ukraine.

— Non. Ce que je te reproche, c'est de t'en servir comme d'un accessoire de mode.

Kostas abandonna ses poses de militant et elle vit luire, dans ses yeux, le *vrai* Kostas. Nerveux, calculateur, et si pris dans ses contradictions, hargneux.

— De la part de quelqu'un qui ne se bat pour aucune cause, c'est drôle. Parfois, je me demande même si tu as une *personnalité*.

— Une personnalité se résume à quelques tatouages ?

— Jalouse, Upė ? Ça doit être difficile de se construire un esprit critique, quand on vient d'un trou perdu où tout le monde pense pareil – je devrais plutôt dire, *où personne ne pense*.

— Ce n'est pas la faute d'Upė si elle n'a pas pu bénéficier des mêmes privilèges que nous, intervint Giedrė.

— Ça relève de sa responsabilité de se mettre à niveau. Il y a des débats politiques organisés toutes les semaines par mon club, mais bizarrement, on n'y voit jamais Upė.

Incapable d'en écouter davantage, elle se leva avec la ferme intention d'aller plancher sur son devoir. Ses jambes flageolaient et elle trébucha dans les plis du tapis.

— Elle a marqué un point, tout de même, estima Vakaris. Ton idée de tatouage est d'assez mauvais goût, il faut bien l'avouer.

— Tu avais pourtant l'air de la trouver sympa avant qu'Upė ne fasse une scène.

— Tu ne peux pas toujours lui donner tort sous prétexte qu'elle manque d'éducation politique.

Upė leur aurait bien dit à tous deux d'aller se faire voir, mais l'odeur pestilentielle du joint que Vakaris agitait près de son nez lui donnait trop la nausée pour penser clairement. Et elle avait peur de ses propres réactions, de sa voix agressive, peur que ce soit eux qui la rejettent.

— Critiquer quelqu'un qui souhaite afficher ses convictions sur son corps mais rester muette sur le fond des idées, c'est banal, s'échauffait Kostas. Upė, ta réflexion à toi, elle est où ? Tu en penses quoi, de la guerre ?

— La même chose que tout le monde ici.

— Ouais, cache-toi derrière le consensus. À quoi ça sert d'être sortie de ton bled si tu n'as rien à apporter au débat ?

Upė écarta d'un coup de pied les cannettes de bière en travers de son chemin. Sous ses pieds nus, le lino était glacé – ils allaient tous attraper la crève s'ils ne fermaient pas cette fichue fenêtre. Rabattant la capuche de son sweat sur sa tête, elle se faufila dans la cuisine pour se préparer un café. Elle allait en avoir besoin si elle voulait tenir encore quelques heures et terminer son devoir. Pareils à un virus, les mots de Kostas la harcelaient, essayaient de lui rentrer dans le cerveau. Upe se força à se concentrer sur des gestes d'ordre pratique : tasser le café moulu dans le filtre, remplir la partie inférieure de la cafetière Moka avec de l'eau, allumer la plaque de cuisson, mettre la cafetière à chauffer. Au son de l'eau frétillante, elle sentit sa respiration ralentir, commencer à se calmer.

— Tu m'en laisses un peu ?

Elle était sur le point de se servir et faillit lâcher le manche de la cafetière. Vakaris avait le don d'entrer dans une pièce sans se faire remarquer. Ou bien... n'était-ce pas plutôt cette étrange habitude qu'elle avait prise de se déconnecter de son environnement, de perdre contact avec la réalité ? Elle inclina le bec de la cafetière, versa le reste de café dans la tasse de Vakaris.

— Kostas est susceptible, soupira-t-il. Si tu chatouilles son ego, il va trouver le moyen de retourner ça contre toi. Faire diversion, ça lui réussit bien. Soudain, plus personne ne s'intéresse à ses contradictions à lui.

Vakaris toucha l'anneau à son oreille et approcha la tasse de son nez pour respirer les arômes riches du café.

— Une fascinante étude de caractère, si tu veux mon avis, poursuivit-il. Mais j'ai fait le tour du personnage, il est devenu prévisible.

— Drôle de façon de parler d'un ami.

— Ce n'est pas un ami.

La méfiance d'Upė se réveilla, toutefois elle savoura cette petite vengeance. Incliné contre le réfrigérateur, Vakaris buvait son café tranquillement.

— Alors, que va faire Upė du reste de la nuit ? Écrire son devoir ou répondre à la dernière lettre de l'oiseau des marais ?

— Ne te moque pas de quelqu'un que tu n'as jamais vu.

— À qui la faute si je n'ai pas eu l'honneur d'une rencontre ? Tu ne le laisses pas venir. Je t'ai entendue inventer une excuse assez stupide au téléphone l'autre jour.

Upė plaça sa tasse vide dans l'évier et croisa les bras en toisant Vakaris. Malheureusement, il était insensible à la froideur dont elle se drapait chaque fois qu'elle avait besoin de faire barrage à l'intrusion d'autrui.

— Il ne serait pas à sa place, ici.

— Plus confortable de compartimenter, Upė ?

Elle se borna à le regarder, dans la pénombre de la cuisine où la seule source de lumière provenait des bourrasques de neige. Son téléphone se mit soudain à vibrer. Elle le tira de sa poche, y jeta à peine un coup d'œil. *Tėtis*[1].

— Tu ne réponds pas à ton père ?

Upė rejeta le téléphone sur l'évier, où il continua à tressauter tel un petit animal agonisant. *Un rat*, se dit-elle machinalement. Pris de convulsions dans un laboratoire.

— Il est plus de deux heures du matin, remarqua Vakaris. Tu ne crois pas que ça pourrait être une urgence ?

— Je vais te dire ce que c'est, l'urgence.

Tournant le dos à Vakaris, Upė retira le filtre de la cafetière, le passa sous l'eau.

— Il doit être dans un bar à Berlin-Est, à boire avec ses collègues allemands et à reluquer des filles beaucoup trop jeunes pour lui. Il voit passer une blonde, entre dix-huit et vingt ans, typée Europe de l'Est, Europe du Nord. Une chose en entraînant une autre, il se souvient brusquement de moi. L'alcool aidant, un mélange répugnant de nostalgie

1. Papa.

et de culpabilité le pousse à chercher mon numéro dans son répertoire.

Upė bourra le filtre de café frais puis mit la cafetière sur la plaque de cuisson.

— Il ne parle sa langue natale que lorsqu'il nous a au téléphone, ma tante, mon oncle et moi. Son lituanien est lent, truffé d'expressions désuètes. Il me laisse un message vocal larmoyant et il retourne à son Negroni et à ses efforts d'être plus allemand qu'un Allemand. L'urgence, c'est ça : il est bourré, il se sent coupable, et il aimerait bien que je coopère à soulager sa conscience.

— Et tu n'en as pas envie, compléta Vakaris.

Il la rejoignit devant la cuisinière et souleva le couvercle de la Moka. L'eau n'avait pas encore commencé à gargouiller. Ils attendirent ensemble que le café soit prêt, le vent hurlant dehors avec la neige. Upė ne sentait plus le courant d'air contre son dos, les autres avaient dû finir par fermer la fenêtre du salon.

— Tu as toujours l'air aux abois, Upė. Comme si quelque chose te courait après.

— Contente-toi de limiter tes dissections à Kostas et Pijus.

— Tu ne supportes pas d'être *vue*, Upė ? Allons. Ça, c'est ce que tu te racontes.

— Je vais consacrer l'énergie qu'il me reste au devoir de bio, plutôt qu'à ton petit jeu.

Elle voulut remplir une seconde tasse de café, mais il avait anticipé son geste et s'empara de la cafetière. Il la servit, goutte à goutte, repoussant encore le moment où elle pourrait enfin se retirer dans sa chambre.

— Je suis fatiguée, Vakaris. Donne-moi cette tasse.

— Kostas dit que tu sens le bled, mais moi je vois la métamorphose en cours, et Upė, ça a un potentiel magnifique. Si tu te laisses un peu guider par Giedrė et moi, tu finiras par briller.

Upė sentit les bagues de Vakaris s'entrechoquer avec ses bracelets quand il lui serra brièvement le poignet.

— Tu sais que c'est ce que tu veux, insinua-t-il.

Il lui mit sa tasse de café entre les mains et repartit vers le salon, la laissant seule dans la petite cuisine froide.

5

Upė adressa un sourire commercial à la famille de touristes allemands qui attendaient avec perplexité que Gėlynas réagisse à leur tentative de passer commande.

— Deux bières et deux Coca-Cola, récapitula-t-elle. Nous proposons plusieurs bières locales, la Utenos est une des plus populaires.

La femme acquiesça et paya les consommations. À côté de leurs parents, les deux préados gloussaient en épiant Gėlynas. De l'avis d'Upė, cela aurait mérité une privation de téléphone portable pour toute la durée des vacances.

— Va prendre ta pause, souffla-t-elle.

Une expression d'effroi sur le visage, Gėlynas tirait la bière comme si sa vie dépendait de la perfection de chaque goutte s'écoulant de la machine.

— Upė, ce sera un café pour moi aujourd'hui, la héla Petras au comptoir.

Elle dut abandonner Gėlynas à son sort pour aller encaisser la commande de Petras et préparer son café. Elle le fit couler si vite que Petras allait probablement déguster le café le plus infect de sa vie. Sachant qu'il existait depuis au moins quatre-vingts ans, ce n'était pas un mince exploit ! Upė s'empara des deux verres de bière et désigna la réserve à Gėlynas d'un mouvement autoritaire du menton.

— Prends ta pause. *Maintenant*.

Elle brava seule le petit pic de clientèle d'après l'heure du déjeuner, mais ne pas avoir à garder un œil sur Gėlynas la soulageait. Lorsqu'il ne resta plus que Petras au comptoir, elle lui servit une pinte de bière pour le faire taire et rejoignit Gėlynas dans la pièce de stockage. Il était assis par terre, les bras autour des genoux, au milieu des paquets de café et des cannettes de Coca-Cola.

— Hey, Gėlynukas… Markas, murmura-t-elle.

Seuls ses yeux bougèrent, si clairs que son regard était difficile à soutenir.

— Tu veux rentrer chez toi un peu plus tôt aujourd'hui ?

Il cligna des paupières et Upė le sentit se rattacher à elle, à la planète Terre, par un fil ténu.

— Non, croassa-t-il, ou *ça* se saura… J'aime bien ce travail, Upė, je veux le garder, tu comprends ?

Upė attrapa le fil au bout duquel Gėlynas dérivait, ballon à hélium irrésistiblement aspiré par le ciel. Elle s'assit près de lui, décapsula deux cannettes de bière chipées dans le frigo. De la mousse lui coula sur les doigts quand elle tendit la sienne à Gėlynas.

— On n'a pas le droit, protesta-t-il d'une voix faible. C'est écrit sur le contrat, « il est interdit aux employés de boire de l'alcool sur le lieu de travail et de se servir dans les stocks ».

— Quelle mémoire phénoménale. Allez, bois, techniquement tu respectes à peu près les termes du contrat, ta bière est non alcoolisée.

— Et la tienne ?

— Si les flics t'interrogent, tu pourras répondre que tu ne savais rien.

Elle but quelques gorgées, jouant de la langue avec l'effervescence des bulles. Gėlynas finit par surmonter ses considérations éthiques – d'où lui venaient-elles, franchement ? Upė n'était pas un exemple en la matière, et le fait que Gėlynas ait réussi à sortir de leur enfance commune avec un sens du bien et du mal intact représentait un mystère. Entre ses cils, elle s'assurait qu'il était encore là, avec elle, dans ce que les gens appellent le monde réel. Mais elle se demandait en quoi ce réel communément admis était plus légitime que celui de quelqu'un comme Gėlynas.

— Dis, il n'y a personne derrière le bar, se souvint-il. On va devoir y retourner.

— Tu crois que le vieux Petras va voler une pinte en notre absence ? Il ne saurait même pas se servir de la machine.

— Et si un inconnu entrait et dévalisait la caisse ?

— La clef est dans ma poche. Il faudrait me passer sur le corps avant. Tu as d'autres scénarios catastrophes en tête ?

— Oui. Un ado pourrait mettre le feu en laissant sa cigarette allumée sur une table.

— Improbable. Il faudrait qu'il balance une bûche en flammes pour qu'il se passe vraiment quelque chose.

Ils continuèrent à inventer des moyens de ruiner le bar du village. Gėlynas s'animait de plus en plus, il jacassait comme une de ces petites bécasses des marais qu'il dessinait particulièrement bien.

— Je ne veux pas être une bécasse, se renfrogna-t-il. Pourquoi tu ne me vois pas plutôt comme un pygargue ?

— Tu as tort de te vexer, c'est mignon, une bécasse.

— Tu m'embêtes.

— Le jour où tu oseras me dire « tu m'emmerdes », je te prendrai peut-être au sérieux.

Le reste de l'après-midi se déroula sans incident. Pourtant, Upė se sentait lasse en rentrant à la maison, comme si toute son énergie n'avait été maintenue que pour soutenir Gėlynas, et qu'une fois sa mission accomplie, les masques tombaient et laissaient entrevoir la dérangeante vérité : cette fatigue qui se collait à elle, visqueuse, et dont elle ne se rappelait pas quand elle avait commencé. Un tel épuisement n'avait pas de fond, et Upė se demandait combien de mois encore il pouvait continuer à spiraler, et où la spirale conduisait.

Vêtue d'une serviette de bain, Aušra était assise dans la cuisine, au-dessus d'une tasse de thé refroidi.

— Upė, et si nous allions au sauna toutes les deux ? J'ai vu avec Mme Zujiene ce matin, elle a dit qu'elle le préparerait pour nous.

— Je vais me changer et j'arrive.

Elle se déshabilla dans la salle de bain et s'enroula d'une serviette. Au pied de l'escalier, Aušra achevait de fixer sa tresse en couronne autour de sa tête et lui sourit.

— Élancée, comme ta mère.

Upė se déroba au baiser qu'Aušra voulait lui planter sur le front. Elles se rendirent au cabanon dans le jardin de Mme Zujienė, à un pâté de maisons de chez elles. Aušra bavarda avec la voisine pendant qu'Upė patientait en examinant ses ongles de pied. Elle allait les peindre en lilas, décida-t-elle.

— Vous devez être fière de votre Upė. Une licence en biologie moléculaire ; les bonnes notes au lycée auront servi à quelque chose !

— Elle a toujours été douée en sciences, se rengorgea Aušra.

Upė n'y tint plus : elle se réfugia à l'intérieur du cabanon, accueillie par une chaleur suffocante. Elle s'étendit sur une des banquettes et appuya ses paumes contre ses paupières pour repousser la douleur dans un coin de son cerveau, la barricader derrière sa porte. Elle entendit sa tante entrer à son tour, puis verser de l'eau sur les pierres brûlantes. Upė frémit en sentant le rouleau compresseur de la chaleur tirer son corps vers une torpeur bienheureuse et écraser ses pensées. Elle aimait le rituel du sauna. Pendant longtemps, ce plaisir lui était resté caché. Quand elle était petite, elle voyait sa tante partir une serviette sous le bras vers le jardin de la voisine et revenir une heure plus tard, détendue, le teint rose. Upė n'était pas une enfant très câline, mais au retour d'Aušra, elle se serrait contre elle pour respirer sa chaleur. À ses dix ans, elle avait enfin découvert où sa tante disparaissait. Aušra se mit à l'emmener une fois par semaine au sauna. *Tu es assez grande, maintenant*. C'était au fil de leurs moments au sauna qu'Aušra avait cessé d'être une inconnue.

— Tu peux me raconter encore l'histoire de mon prénom ?

Aušra se frotta la tempe, où s'agglutinaient déjà de petites mèches folles.

— C'était ici même, dans ce sauna. Il faisait une chaleur insupportable, mais ni ta mère ni moi ne voulions être la première à déclarer forfait. « Ah, Aušra, a fini par soupirer ta mère, tu sais ce que j'aimerais plus que tout au monde ? Me jeter dans la rivière Lakaja tête la première et nager avec le courant jusqu'à ce que je sois si glacée que je ne sache plus si ce sont des jambes que j'ai, ou une queue de poisson. » Je lui ai demandé si l'enfant dans son ventre se transformerait aussi en poisson, et elle a répondu : « Non, elle sera l'âme de la rivière elle-même, *Upė*. »

En écoutant, Upė suivait du doigt l'écoulement de la sueur sur sa peau.

— C'est Gėlynas, le poisson, murmura-t-elle.

— Et il nage à contre-courant, ton poisson.

— Je n'ai pas envie de me disputer.

— Je sais que tu as du mal à me croire, mais d'une certaine manière, je lui suis reconnaissante. Le prendre sous ton aile lorsque vous étiez enfants t'a donné une raison de… Tu ne nous laissais pas te réconforter… mais tu as recommencé à t'ouvrir en défendant ce garçon. Upė, je sais que tu penses que je n'apprécie pas Gėlynas, mais ce que je n'aime pas, c'est que tout soit resté comme avant, alors que tu as dix-neuf ans et une vie qui devrait réclamer toute ton attention.

Upė se retourna sur le ventre et enfouit son visage entre ses bras glissants de sueur. Son corps n'était plus qu'eau, et il n'était pas si difficile de prétendre que la voix d'Aušra n'était que la brise qui passe entre les aiguilles de pin. Au bout d'un moment, elle sentit un filet d'eau tiède couler sur sa nuque. Sa tante plongeait les mains dans le baquet près des pierres chaudes et, après avoir versé encore un peu d'eau sur le dos d'Upė, elle s'aspergea le visage.

— Sortons nous rafraîchir.

Les deux femmes alternèrent l'étuve du sauna et les douches froides : elles remplissaient un seau en fer-blanc au robinet du jardin et faisaient ensuite cascader l'eau sur leurs corps. Revigorée par les effets du sauna, Upė laissa Aušra nouer son bras sous le sien en rentrant à la maison. Rytis parut si content de les voir arriver au bras l'une de l'autre qu'Upė ressentit un nouvel élan de culpabilité. Il avait préparé une salade de tomates et de sarrasin, et Upė et Aušra n'eurent plus qu'à mettre les pieds sous la table.

— Déjà le 24 août demain et les cigognes prêtes à repartir ? s'étonna-t-il. L'été a filé... Tu as prévu d'aller les observer avec Gėlynas, comme chaque année ?

— Oui. J'essaierai de ne pas vous réveiller, je vais me lever à l'aube.

— Et pour l'occasion, elle portera ma dernière création, s'enorgueillit sa tante.

— Ça reste à voir. Je refuse de m'engager avant d'avoir essayé.

Dès la fin du repas, Upė alla se blottir sous sa couette en plumes d'oie et tomba dans un sommeil lourd. Elle se réveilla à cinq heures tapantes. À son petit bureau sous la fenêtre, une blouse bleu lavande soigneusement pliée l'attendait. Sa tante avait dû s'introduire dans sa chambre la veille au soir pour s'assurer qu'elle trouverait son chef-d'œuvre au saut du lit.

Upė ouvrit son carnet d'observation, choisit un stylo à encre et écrivit : *24 août 2023. Migration des cigognes*. Elle feuilleta ses notes de l'année précédente. Manqua se rendormir dans la baignoire, dodelinant de la tête contre la faïence à carreaux. Enfila un short en jean et la fameuse blouse, dont le col et les manches étaient miraculeusement à sa taille. Tradition personnelle, elle tapota du fard nacré sur ses paupières pour saluer le départ des cigognes. Son sac sur l'épaule, Upė descendit l'escalier à pas de loup dans la maison silencieuse. Aušra avait laissé des sandwiches enveloppés de papier aluminium sur la table de la salle à manger. Upė les mit dans son sac et soupira en entendant un bruit sec à la fenêtre : Gėlynas s'impatientait et n'avait rien trouvé de mieux à faire que lancer des cosses de cacahouètes contre la vitre. Elle le retrouva dehors, dans son tee-shirt préféré (un bâtonnet de glace en tranche de pastèque qui se marrait avec un sorbet au citron).

— Idiot ! J'espère que tu ne les as pas réveillés.

— Tu pourrais au moins me dire bonjour avant de m'engueuler.

— Coiffe-toi un peu et suis-moi. On a du boulot.

Elle partit d'un bon pas, et en deux souples enjambées il remonta à sa hauteur. Ils avaient six kilomètres de marche jusqu'à la prairie humide où, chaque année, les familles de cigognes de ce secteur de la région de Moletai se donnaient rendez-vous. Après deux kilomètres, ils bifurquèrent pour emprunter un chemin à travers les bois. À couvert des arbres, il faisait presque froid et de fines nappes de brouillard planaient autour des troncs cuivrés des pins. Ils marquèrent un arrêt afin qu'Upé puisse prendre quelques notes sur les conditions météorologiques.

— Tu as autre chose à déclarer ? demanda-t-elle à Gélynas. Des observations sur les cèpes que tu as trouvés, peut-être ?

Accroupi dans les aiguilles de pin, il avait calé son menton entre ses mains et la regardait pensivement.

— C'est joli, les paillettes sur tes yeux.

— La mante religieuse sur le sommet de ton crâne aussi, ravissant.

Il attrapa dans ses cheveux l'insecte aux pinces vert fluo et le déposa avec délicatesse sur le sol. La mante referma ses pinces, reprenant sa position de prière.

— Ouais, joli aussi. C'est rare de voir des mantes, j'ai de la chance que celle-ci ait décidé de se promener sur ma tête.

— Tu veux de l'eau ?

— Je préférerais une bière.

— T'as pas le droit. En tout cas, pas avant ce soir. J'ai besoin de toi vif et alerte.

Gélynas rayonna de fierté en se rappelant l'importance de son rôle. Le soleil distillait des taches de lumière papillonnantes sur ses cheveux d'un blond mat, et sa pupille n'était plus qu'une tête d'épingle dans ses iris plus gris que bleus.

Upė se détourna et renfila les lanières de son sac. Le chemin de la forêt descendait en pente douce vers un lac. Les deux amis suivirent un embranchement conduisant aux anneaux de couleuvre d'une route de campagne. La chaleur s'installait, elle colorait de sépia les arbres, la route, Gėlynas, et ce moment semblait déjà appartenir au passé. Ils abandonnèrent la route au septième virage. Un sentier dérobé filait entre de vieux chênes dont l'écorce rêche laissait des traces poudrées sur les doigts. Plus bas sur le sentier, une prairie marécageuse sommeillait. Upė vérifia l'heure sur la montre de Gėlynas et la nota dans son carnet, puis dévissa le couvercle de sa thermos de café. Ils burent en silence, tournés vers la prairie. Leurs pieds, débarrassés de leurs tongs, se voisinaient : ceux d'Upė, pâles, les ongles peints en lilas, et ceux de Gėlynas, brunis par le soleil. Ils déballèrent leurs sandwiches garnis de jambon, de tomates cerises, de concombre et de tranches de fromage insipide.

— Tante Aušra est un génie, articula Gėlynas entre deux bouchées. Elle s'est souvenue que je n'aime pas le fromage trop fort.

— Je crois que le choix infortuné de ce fromage n'a hélas rien à voir avec toi.

— Si ça se trouve, la prochaine fois, elle m'invitera même à manger des galettes de pommes de terre chez vous.

Elle le fit taire en pointant le ciel du doigt : deux cigognes adultes et trois jeunes survolaient la prairie, leurs longs cous tendus à l'horizontale. Les cigognes ne chantent pas, elles sont muettes. On ne les entend pas arriver, on les voit soudain, surgies d'une ère plus ancienne que les sept merveilles du monde. Les cigognes arquèrent leurs ailes noir et blanc pour atterrir gracieusement dans la prairie. Upė passa son carnet à Gėlynas et mima le geste de dessiner. Engourdie d'une agréable fatigue, elle bâilla. Les grattements du crayon sur le papier, couplés au murmure des insectes, incarnaient pour elle la saveur de ces journées d'été. Deux autres familles de cigognes se posèrent aux côtés de leurs compagnes de voyage. Elles ouvraient leurs becs fuselés et les faisaient claqueter, siffler, échangeant des instructions. Certaines s'arrêteraient en Égypte, dans les eaux vertes du delta du Nil, d'autres poursuivraient jusqu'aux plateaux drainés de rivières de la Tanzanie, survoleraient le mont Kilimandjaro et les volcans éteints, et, parfois, gagneraient les rives subtropicales d'Afrique du Sud. Les cigognes se rassemblaient par dizaines dans la prairie, et les claquements de bec devenaient de plus en plus sonores.

Upė subtilisa le carnet à Gėlynas pour rédiger des observations sur le nombre de jeunes. Rodés à l'exercice, ils ne se parlaient pas, n'en avaient pas besoin. Le carnet écorné se relayait entre leurs mains. Upė voyait les oiseaux prendre forme sur les pages, et elle-même écrivait vite, de son écriture accidentée, irrégulière. Sans signe avant-coureur, les cigognes ouvrirent leurs ailes à l'envergure olympienne, déplièrent leurs cous prolongés d'un bec rouge carmin, et dans un froissement de plumes, prirent leur envol. Upė et Gėlynas regardèrent la nuée d'oiseaux passer au-dessus de leurs têtes, possédés par un instinct implacable. Upė sentit sa peau la picoter, un élan la pousser dans la même direction, et elle oublia qu'elle n'était qu'une humaine au corps déplumé, condamnée à fouler la terre de ses pieds aux talons fragiles. Elle étendit les bras, paumes vers le ciel, et tournoya sur le sentier que la prairie grignotait d'herbes et de fleurs sauvages. Ses courtes mèches blond argenté douces comme un duvet de cigogne nouveau-né caressaient ses joues, et les mouvements d'Upė, d'abord lents et déliés, se firent fiévreux. Les rayons du soleil s'accrochaient à ses cils diaphanes et l'aveuglaient, mais peut-être était-ce tout ce que les cigognes distinguaient, elles aussi, quand elles volaient haut dans le ciel : la lumière onctueuse, couleur glace à la vanille. Soudain, une violente secousse de douleur remonta le long de la jambe d'Upė. Elle se pencha sur la plante de son pied et se sentit misérablement terrienne.

— Tu t'es bien coupée, constata Gėlynas.

Il avait ramassé le caillou aux arêtes effilées sur lequel elle avait dérapé et l'examinait d'un œil critique.

— Il a osé interrompre ta migration.

— Eh bien, me voilà de retour.

Il dut sentir l'amertume dans sa voix, car son regard s'arracha au caillou pour revenir sur elle.

— Upė, murmura-t-il.

— Quoi ?

— Tu crois que les jeunes cigognes vont survivre à leur première migration ?

— Je ne sais pas, Gėlynas. C'est une promesse que je ne peux pas te faire.

— Markas.

— Ton changement d'identité et le départ des cigognes me donnent envie de noyer mes larmes dans la bière.

— Et de manger une glace.

Ils prirent le chemin du retour, dressant à voix haute la liste des courses qu'ils feraient à l'épicerie du village. Ils avaient prévu de boire et de se gaver de confiseries le soir sur la plage, puis de dormir à la belle étoile. Upė aurait aimé pouvoir parler à son ami du sentiment de perte, de fuite du temps. Et lui dire la vérité, jalousement enfouie au fond d'elle-même, la vérité sur cette année à Vilnius. Elle observait le dos de Gėlynas qui marchait devant elle pour la protéger du soleil (elle brûlait facilement alors qu'il brunissait comme un caramel au lait), ses omoplates pointant sous le tee-shirt, et elle ressentit le désir de poser la main sur ce dos, de lui dire *arrête-toi, s'il te plaît*. Mais elle ne dit rien, et Gėlynas continuait à avancer sur la route, ses tongs à la main, les pieds maculés de poussière. La chaleur écrasait les champs.

Au village, ils firent provision d'une quantité décadente de cannettes de bière, de marshmallows, de sūrelis[1] et de feux de Bengale. Puis Upė rentra passer l'après-midi chez elle. Avec sa tante, elles préparèrent de la confiture de myrtilles. Aušra semblait distraite et ne travaillait qu'en dilettante, s'absentant régulièrement pour se mettre au piano. Les envolées lyriques du *Concerto n° 2* de Rachmaninov résonnaient dans tout le

1. Friandises locales à base de fromage au lait caillé et enrobées de chocolat.

rez-de-chaussée. À la cuisine, Upė broyait les lourdes baies bleues avec le sucre et regardait de petites bulles éclater à la surface du jus bouillant. Elle versa la confiture trop liquide dans des bocaux en verre et monta l'escalier vers sa chambre. Elle avait eu l'intention de relire et corriger les notes de la matinée, mais elle se laissa corrompre par l'appel suppliant de *Laima*[1], la courtepointe de son lit. Upė somnola, lovée dans la mollesse du matelas et la musique qui vibrait sous les lattes du plancher. Lorsque la musique se tut, Upė poursuivit son voyage. Elle aurait dérivé encore longtemps si Aušra n'avait pas frappé à la porte de sa chambre.

— Upė ? Tu n'avais pas prévu de passer la soirée dehors ?

La colonne vertébrale de la Grande Muraille de Chine disparut, et Upė retourna à la pesanteur de son corps, aux quatre murs de sa chambre d'enfant.

— Quelle heure est-il ?

— Près de dix-neuf heures, répondit la voix d'Aušra derrière la porte.

Upė sentit ses membres protester quand elle se leva. Elle prit son sac au pied de son lit, s'arrêta devant son miroir pour remettre du fard sur ses paupières si pâles que l'on devinait les minuscules

1. Joie, bonheur.

veines bleues sous sa peau. Aušra la rattrapa dans l'entrée de la sodyba pour lui donner deux grosses tranches de gâteau à l'orange.

— Vous allez vous faire dévorer par les moustiques, prédit-elle.

— Bonne soirée à toi aussi, tante Aušra.

Dehors, le soir commençait à chasser l'étreinte chaude du jour, et Upė apprécia la brise rafraîchissant ses tempes. Elle traversa le village calme, croisa le vieux Petras qui faisait lentement les cent pas devant l'épicerie, son chat noir dans les bras.

— Où vas-tu comme ça, Upė ?

— Au lac.

— Tiens, prends ça. Ne dis rien à ta tante.

Upė glissa dans sa poche les deux cigarettes qu'il lui tendait. Les pins la happèrent dans leurs ombres étirées. De l'autre côté des bois, Gėlynas était déjà au point de rendez-vous. Il s'activait autour d'un foyer de brindilles, essayant d'allumer le feu avant de l'alimenter avec de plus grosses branches. Upė s'agenouilla près de lui pour souffler sur les flammes timides. Couché sous le ciel en décomposition, le lac était mutique. Quand le feu émit des crépitements de bon augure, Upė alla ramasser des pommes de pin. Elles éclatèrent dans les flammes telles de petites bombes artisanales. Upė s'amusa de la sorte jusqu'à ce que Gėlynas lui demande de bien vouloir arrêter de saboter *son* feu.

— Si je n'étais pas venue à la rescousse, *ton* feu n'aurait jamais pris, l'informa-t-elle.

— Tu sais bien que si.

— OK, mais les moustiques auraient eu tout le temps de nous mettre en charpie avant.

— Tu parles de toi, là. Les moustiques adorent ton sang plein de sucre. Moi, je suis intouchable.

Le plus agaçant, c'est que c'était vrai. Gėlynas échappait inexplicablement à l'appétit des moustiques.

— Parce que tes trois glaces par jour, ce n'est pas du sucre, peut-être ?

— Pas de la même nature que les marshmallows que tu t'enfiles en douce derrière le bar, sans jamais partager.

Upė sortit les paquets de marshmallows, les sūrelis et le gâteau à l'orange de son sac et les posa sur l'un des deux plaids que Gėlynas avait apportés.

— Si les moustiques daignent te goûter après ça, j'accepterai peut-être de discuter ta théorie absurde sur l'influence de mon régime alimentaire.

— Défi accepté, répondit-il en ouvrant un premier paquet.

Il embrocha plusieurs marshmallows sur une brindille de bouleau et la fit tourner au-dessus des flammes. Dans l'intervalle, Upė déroula leurs sacs de couchage pour qu'ils puissent s'asseoir confortablement. Elle décapsula deux cannettes et but sa bière, hypnotisée par les marshmallows rôtissant sur le feu. L'odeur de la nuit se dépliait, froide, éteignait les relents épicés de résine et de soleil. Upė mordit dans la brochette de marshmallows aux bords brûlés. Le sucre lui colla au palais, croustilla sous ses dents. Elle ouvrit une nouvelle cannette de bière et l'arôme lui parut plus fleuri que de coutume.

— Je peux voir les notes de ce matin ? demanda Gėlynas.

— Le carnet est dans la poche droite de mon sac. On peut regarder ensemble, je n'ai pas encore mis au propre.

Ils feuilletèrent le carnet, et ce qui ressortait, davantage que les mots d'Upė tracés au crayon à papier, c'étaient les croquis de Gėlynas. Il avait représenté les cigognes au repos dans la prairie, mais aussi en pleine conversation, leurs becs ouverts, les jeunes sautillant d'une patte sur l'autre, et l'envol : ventres veloutés, ailes tendues cherchant à s'émanciper des pages.

— Tu as fait du bon boulot, reconnut Upė.

— Toi aussi, j'ai bien aimé ce passage où tu parles de l'appréhension des jeunes cigognes.

— Ce n'était pas très scientifique. Qui sait ce qu'il se passe réellement dans leurs têtes ?

— Nous, peut-être qu'on sait vraiment.

Upė n'était même pas sûre de comprendre ce qu'il se passait dans la sienne, de tête. Alors que dire de celle des cigognes ? Elle referma le carnet à la couverture souillée de taches brunes. Elle avait renversé du café, l'année dernière, en essayant d'écrire d'une main et de boire de l'autre. Upė avala la boule dans sa gorge, mais elle se reforma, chagrine.

— On voit bien les étoiles, cette nuit, reprit Gėlynas. Elles brillent comme ce truc sur tes yeux.

Sur le ciel d'un bleu d'abysse, les étoiles clignotaient et dessinaient des constellations. Upė et Gėlynas observèrent le firmament, traquant les traînées lumineuses des étoiles filantes. Puis Upė se lassa et fit griller à son tour des marshmallows au-dessus du feu. Les cannettes vides se dispersaient à ses pieds. Elle commençait à ressentir le baume en demi-teinte de l'alcool : il arrondissait les angles de ce monde.

— Upė, je sais que t'es triste.

Gėlynas ne contemplait plus les étoiles. Assis en tailleur à ses côtés, il tisonnait prudemment le feu.

— Je le sais depuis un moment. Et je comprends pas pourquoi tu fais semblant, même avec moi.

Il déchira l'emballage des feux de Bengale et approcha l'un des bâtonnets des flammes. Des étincelles grésillèrent.

— Regarde ! s'exclama-t-il.

Upė le regarda, lui, le regarda vraiment, pour la première fois peut-être. Elle l'avait vu, bien sûr, des coups d'œil à la dérobée, inattentifs, vu le charme un peu androgyne qu'il avait acquis à la fin de l'adolescence, mais elle ne l'avait pas *regardé*. Ses yeux très clairs, candides, semblaient toujours se retenir de basculer en dedans, vers un monde étrange. Il avait une petite cicatrice ronde au coin du sourcil gauche. Des pommettes saillaient sous la chair de l'enfance. Ses épaules et ses bras bronzés avaient forci : il était un nageur assidu. Sur ce visage, des signes prématurés de fatigue, les marques d'émotions en dents de scie, et une pureté, une douceur qu'elle-même ne possédait pas. Impulsivement, Upė se tendit vers lui et l'embrassa au coin de la bouche. Gėlynas, abasourdi, écarquilla les yeux. Puis il prit le visage d'Upė entre ses mains et inclina son front contre le sien.

— Je peux, Upė ? murmura-t-il.

Les mains de Gėlynas, chaudes, sèches, tremblaient légèrement contre ses joues. Elle respira la fumée soufflée par le feu, et en dessous, le parfum du lac sur la peau de son ami. Il avait dû nager longuement dans l'après-midi, loin du ponton et des tapis de nénuphars. Les paupières d'Upė se firent si lourdes qu'elle les ferma. Il pressa un baiser chaste sur ses lèvres, s'enhardit, l'embrassa avec plus d'assurance.

— Je peux ? demanda-t-il encore.

La voix était dans son ventre, elle coulait comme du miel. Upė entrouvrit les lèvres, invitant Gėlynas du bout de sa langue saturée par le goût de sucre des marshmallows. De leur propre accord, ses mains se hasardèrent sous son tee-shirt pour chercher l'argile soyeuse de la peau, les omoplates évasées telles des ailes. Comment avait-elle pu le comparer à une bécasse des marais ? Elle titubait dans la chaleur de sa bouche, et dans la force, le désir de ce corps frémissant. Les mains d'homme de Gėlynas la caressaient, tiraient sur sa blouse, et elle l'entendait répéter, de cette voix aux accents étrangers, « Je peux, Upė ? Je *peux* ? ».

6
Vilnius, avril 2023

Des filaments de pluie griffaient la vitre et attrapaient le soleil laiteux du début du printemps. Il y aurait un arc-en-ciel… ou peut-être pas, se ravisa Upė, se rappelant que ce n'était pas vraiment la saison. Les arcs-en-ciel enjambaient villes, champs et forêts au moment des orages de juin ou à la fin de l'été. Mais en ces premiers jours du mois d'avril, les nuages bas semblaient prêts à tout instant à cracher pluie et neige fondue sur les têtes encore protégées par des bonnets et des foulards. Upė avait froid, plus froid qu'en hiver où les températures sombraient pourtant bien en dessous de zéro. Emmitouflée dans son châle en laine, elle avait cessé de prendre des notes et perdu le fil du cours de bio. *Allez, concentre-toi,* se fustigea-t-elle. En vain. Le blanc dans son cerveau demeura là où il était et elle passa le reste de l'heure à fixer l'écran de son ordinateur. Lorsque treize heures sonnèrent, les étudiants ne s'éternisèrent pas dans la salle de classe. Giedrė était sortie de son cours de littérature anglaise et faisait le pied de grue dans le couloir. Avec son pull jaune et les tiges frêles de ses jambes qui se devinaient sous son grand manteau noir laissé entrouvert, elle ressemblait à une bergeronnette nordique.

— Je commençais à désespérer de te voir sortir. J'ai cru que tu avais séché !

— Ne me fais pas regretter de m'être tirée du lit.

— Tu as une petite mine, Upė…

Giedrė la prit contre elle, une étreinte aussi effusive qu'insouciante.

— J'ai pensé qu'on pourrait aller faire un tour chez Humana !

— Encore ?

— Oh, allez ! Et après on va se chercher un matcha latte à Raštinė, la cajola son amie, et je t'emmène voir un truc incroyable, qui n'arrive qu'une fois l'an à Vilnius !

Giedrė bondissait déjà dans l'escalier et Upė suivit, trop lasse pour protester. Elle se demanda, pour la dixième fois cette saison, si elle n'était pas malade. La Upė aux mouvements lestes et dont Aušra louait la santé solide avait mystérieusement disparu. En passant sous les arcades de l'université d'une douce et lumineuse couleur beurre, elle s'aperçut que le manteau dans lequel Giedrė flottait était celui de Vakaris.

— Vakaris a accepté d'être arraché à son cher manteau ? Ça devient sérieux, cette histoire.

— Il va me photographier cet après-midi. Le manteau, c'est pour me mettre dans le personnage.

— Tout ce que tu désires, en vrai, c'est sentir *Eau de Vakaris* sur toi toute la journée.

Le rire franc de son amie ricocha contre la somptueuse église Saint-John aux toitures incurvées et résonna dans la grande cour de l'université de Vilnius.

— C'est de moi que tu te fiches ou de Vakaris ?

— Comment oserais-je me moquer de ton dieu ?

— Il est notre dieu à tous, non ?

Upė avait détecté une pointe d'acidité sous le ton de la plaisanterie. Giedrė la devança pour franchir le portail à la jonction de l'église Saint-John et du haut beffroi au clocher à bulbe.

— Tu ne crois pas qu'on donne parfois trop d'importance à ce qu'il dit ?

— C'est un artiste et un intellectuel, Upė. Je préfère cent fois l'exemple de Vakaris à celui d'un influenceur TikTok. Pas toi ?

— Il est charismatique, mais…

— Upė, cours !

Son amie l'avait agrippée par le poignet et elles traversèrent la rue à toutes jambes. Giedrė était la seule personne de sa connaissance à faire fi d'une règle élémentaire de la vie en société lituanienne : emprunter scrupuleusement les passages piétons.

Les deux pieds d'Upė atterrirent dans une flaque et l'eau inonda ses chaussettes fines.

— On ne peut pas passer dix minutes en ta compagnie sans finir renversé par une voiture, râla-t-elle.

— Je t'offre le matcha, promis !

Upė sautilla sur une jambe puis sur l'autre pour vider l'eau de ses mocassins. Giedrė lui prit ses chaussettes des mains et les essora elle-même.

— Le petit côté servile, c'est inédit, remarqua Upė en lui reprenant ses chaussettes. Tu essaies d'adoucir mon cœur de pierre ?

— Ce cœur épouvantablement fier mais plus tendre qu'un sūrelis ?

Upė se réfugia derrière un soupir. Elle remonta ses chaussettes haut sur ses chevilles. Une échelle lacérait son collant et grimpait sous l'ourlet de sa jupe.

— Ça a du style.

— Si tu le dis.

— Je t'assure ! Tu devrais assumer ta… sensualité, Upė. Tu as le potentiel, Vakaris et moi on se tue à te le dire.

Potentiel. Le mot lui donnait envie de se gratter, de s'arracher la peau avec les ongles. Si elle l'entendait encore une fois… Mais elle savait qu'elle l'entendrait encore et encore, *ad nauseam*, que « potentiel » continuerait à la définir, jusqu'à ce qu'elle devienne… quoi ? *Quelqu'un*, disait Vakaris.

Les plafonniers répandaient une lumière crue dans la friperie rue Trakų. À l'étage, une vendeuse passait la serpillière entre les rayons de vêtements au parfum éventé. Une tentative louable mais futile, jugea Upė, leurs chaussures transformant vite le sol en patinoire. Elle alla fureter dans les nouveaux arrivages et dénicha un sweat-shirt.

— Ce bleu ciel, c'est naïf, expédia Giedrė.

Upė replaça le sweat sur le portant. Le vague intérêt ressenti en parcourant les rayons s'était évanoui et elle aurait voulu sortir de la boutique sans se retourner, puis marcher tout droit vers la Neris. S'asseoir au bord du quai, dans les arômes frais de la rivière, et décapsuler en solitaire une bouteille de gira[1].

1. Boisson fermentée à base de pain de seigle et faiblement alcoolisée, douce-amère, très appréciée pour ses propriétés rafraîchissantes.

— Tiens, essaie plutôt ça ! Ou non, n'essaie pas, tu prends.

Giedrė lui fourra dans les bras une robe en satin menthe, maigre bout de tissu échancré dans le dos.

— Tu veux que je te dise à quoi ça va me faire ressembler ?

— Vas-y, sois créative.

— À un champignon vénéneux de type amanite phalloïde. Tout à fait impropre à la consommation.

— Tu vas pouvoir jouer les inaccessibles, tout ce que tu aimes.

Upė n'arrivait pas à dire non, quand bien même le mot dansait dangereusement au bord de ses lèvres. Elle finit par dépenser une partie de son argent de poche pour une robe s'apparentant à la version d'Upė qu'elle désirait être, mais qui lui faisait de plus en plus l'effet d'un supplice de Tantale : chaque fois qu'elle se pensait toute proche de l'atteindre, de se glisser dans sa peau aussi arachnéenne qu'une aile de libellule, cette Upė idéale s'esquivait. Les filles retrouvèrent la rue Trakų, les maisons pastel blotties telles des fleurs à peine écloses sous le ciel inerte. Au bout de la rue, deux colosses de pierre soutenaient le balcon du palais Tiškevičiai. Upė retint son amie par la manche au moment où un trolleybus Škoda 14Tr tournait au carrefour. La vieille chenille soviétique grinça près de leurs pieds et les sanctionna d'un coup de klaxon. Bientôt, l'enseigne de Raštinė les accueillit gaiement sur une façade bois de rose. L'atmosphère de la papeterie-coffee shop et sa playlist excentrique enveloppèrent Upė dans une bulle de sécurité. Elle se posta sur le côté du bar pour regarder la barista verser les boissons onctueuses dans des gobelets en carton et recueillit son chocolat chaud entre ses mains. Giedrė soufflait sur la mousse de son matcha latte.

— Tu ne sais pas ce que tu rates ! Le matcha latte, c'est un plaisir d'une autre dimension.

— Vu la couleur, il a dû en effet être inventé par des extraterrestres.

— L'envergure de ton amour est proportionnelle à celle de tes persiflages. Viens, je t'ai promis une surprise !

Son amie la guida dans les ruelles aux trottoirs de guingois qui convergeaient vers l'ancien quartier juif. Elles coupèrent à travers la morne aire de jeux derrière les bâtiments de la rue Vokiečų. Upė songea aux ruines de l'ancienne grande synagogue de Vilnius gisant là, sous une couche de béton et d'oubli. Après la guerre, les restes du centre religieux et culturel juif le plus rayonnant d'Europe du Nord avaient été rasés par les Soviétiques. Et puis, l'histoire s'était perdue dans le silence.

Que demeurait-il de la *Jérusalem du Nord*, hormis des inscriptions en yiddish ou en hébreu au détour des rues Stiklių et Žydų ? La mélancolie d'Upė lui noua la gorge, cette douloureuse et tendre mélancolie qui l'identifiait immanquablement comme Lituanienne. Giedrė, elle, était pleine de vie, presque trop, comme si son pas sautillant dissimulait un ou deux ressorts partis en roue libre. Une paire de nattes fouettaient les épaules de son amie. Upė resserra son châle. Il lui arrivait de regretter ses longs cheveux, leur chaleur contre sa nuque frileuse.

— Vakaris veut que je joue un personnage éthéré, racontait Giedrė. Hors sol. Avec un peu de drama, un côté cinématographique…

Chaque mot aurait pu sortir de la bouche de Vakaris lui-même, pensa Upė avec un brin d'agacement. La rivière louvoyait sous le pont Užupio et des restes de glace dégelaient sur les berges brunâtres. Upė avait cru que Giedrė l'emmènerait quelque part dans Užupis, le quartier bohème, mais elles poursuivirent sur la rue Polocko. Des maisons en briques délabrées alternaient avec les constructions modernes. Upė savait que, plus loin sur Polocko, des sodybas de l'âge de leurs arrière-grands-parents survivaient dans des jardins envahis de mauvaises herbes, de pommiers et, au début de l'été, d'odorantes grappes de lilas.

— Ça fait huit mois qu'on est ensemble, Vakaris et moi. Et il va enfin me photographier pour un de ses projets artistiques. Tu réalises combien c'est… je ne sais pas, *porteur de sens* ?

Une autre des expressions de Vakaris.

— Il est sur ton dos depuis des jours, à rabâcher que tu dois te préparer psychologiquement. Giedrė, ce ne sont que des photos…

— Pas pour moi.

Upė vit passer un éclair de tristesse sous la poudre rosissant les joues de son amie. Elle aurait aimé la réconforter mais flaira le danger de s'aventurer sur le terrain de ses relations avec Vakaris.

— C'est là ! s'écria Giedrė.

Elles avaient tourné à l'angle d'une courte rue scindée en deux branches : l'une redescendait vers la rivière et l'autre menait à un portail aux grilles usées.

— Tu m'emmènes au cimetière ?

— *Bernardinų kapinės*[1]. Entrons, tu vas comprendre.

Upė fit quelques pas dans le cimetière et s'arrêta, émerveillée : les tombes, d'apparence

1. Le cimetière des Bernardins.

très ancienne, étaient couvertes d'une marée de petites fleurs à clochettes bleues. Par contraste avec les branches noires et racornies des arbres, les milliers de clochettes d'un bleu vibrant paraissaient miraculeuses.

— Ce sont des scilles de Sibérie, les premières fleurs du printemps à Vilnius, expliqua Giedrė.

Il y avait du monde. D'autres habitants de Vilnius se promenaient entre les sépultures, de vieilles dames à fichus, des étudiants aux mains plongées dans les poches de leurs blousons, des couples d'amis, et des personnes venues méditer seules, qui s'attardaient devant certaines tombes pour déchiffrer un nom, une date à demi effacés, ou toucher les têtes bleues des scilles de Sibérie. La plupart des prénoms sur les tombes étaient polonais : Stanislaw, Ludwik, Helena… Le cimetière avait dû être fondé à l'époque où Vilnius s'appelait Vilna. Des stèles tachées de lichen s'affaissaient, accablées de fatigue. Les visages énigmatiques des madones et des anges semblaient sonder le cœur d'Upė. Elle réalisa que Giedrė l'avait laissée vagabonder librement quand son amie la rejoignit devant une croix en pierre.

— Tu as perdu quelqu'un, non, Upė ?

— Qu'est-ce qui te fait dire ça ?

— Cet air sur ta figure…

Elle ne répondit pas mais accepta la tête que Giedrė inclina sur son épaule. Un oiseau fendit le ciel blanchâtre et se percha à quelques tombes de là. Boule replète, poitrail parme, bec et queue noirs. Un bouvreuil pivoine femelle, l'identifia Upė. Elle tâcha de graver dans sa mémoire le canevas du plumage de la petite femelle, le tapis de clochettes bleues, les tresses roses de Giedrė sur la toile noire du manteau. Le déclic d'un appareil photo se fit soudain entendre. En un instant, le bouvreuil s'envola et la tête de Giedrė quitta son épaule.

— La scène était trop photogénique pour ne pas être immortalisée !

Vakaris venait à leur rencontre, tiré à quatre épingles dans un pull en cachemire et un pantalon sombre. Il vérifia d'un œil le cliché qu'il avait pris sur son appareil photo avant d'enlacer Giedrė d'un bras distrait.

— Joli point de rendez-vous. Tu faisais découvrir à Upė l'un des charmes secrets de Vilnius ?

— C'est une tradition d'aller admirer la floraison des scilles de Sibérie à *Bernardinų kapinės*.

— Coutume enchanteresse des Vilnois que nous sommes. Upė a-t-elle apprécié la balade ?

Ce qu'Upė jugeait autrefois original – Vakaris usant de temps en temps de la troisième personne du singulier pour s'adresser à elle – avait aujourd'hui le don de la crisper. Vakaris n'avait pas attendu sa réponse, il repartait vers les grilles du cimetière. À son pas rapide, Upė devina son impatience à s'atteler à la séance photo, mais aussi une espèce d'exaspération dont elle ignorait quelle – ou qui – était la cause. Il les conduisit dans la cour intérieure d'un bloc de maisons à Užupis. Les briques de la bâtisse du fond se désagrégeaient. Une corde à linge avait été tendue sous les fenêtres du rez-de-chaussée et des draps y séchaient tant bien que mal. Pijus était là, il arpentait la cour de long en large. Upė lui trouva l'air de quelqu'un ne sachant pas vraiment ce qu'il fait.

— La lumière n'est pas terrible, grimaça-t-il.

Upė avait repéré du coin de l'œil un escalier extérieur qui ferait une bonne planque. Les lattes étaient en bois, si usagées qu'elles couinèrent lorsqu'elle s'assit sur la quatrième marche. Depuis sa position, elle pouvait observer aussi bien le ciel que Giedrė se repoudrant le nez et Vakaris procédant à quelques réglages. Elle tira une cigarette de la poche de son manteau, l'alluma, inspira une longue bouffée. Le soulagement qui lui monta à la tête était tel qu'un soupir lui échappa. Fumer apaisait sa nervosité latente. Si Aušra savait, elle deviendrait folle. Upė s'appuya contre la rampe de l'escalier, cigarette aux lèvres. Au deuxième étage de la maison d'en face, le battant d'une fenêtre claquait au vent. En bas, des crocus jaunes commençaient à percer la surface de la terre dans une jardinière. Upė changea sa cigarette de main et attrapa son téléphone. Un appel manqué, des messages. *Gėlynas*. Le monde d'origine d'Upė se situait aux antipodes de cette cour enchâssée dans le quartier des artistes, fréquenté par des gens comme Vakaris et Giedrė. Et pourtant, chaque fois qu'il se rappelait à elle, ce monde-là, la nostalgie la submergeait. Elle ouvrit l'application WhatsApp. Trois mots s'affichèrent sur l'écran. *Kaip tau sekasi ?*[1] Et une photo. Gėlynas se tenait sous l'arbre à coing du jardin de Petras, le chat calé contre sa poitrine et une tasse à café minuscule à la main. Il plissait les paupières, gêné par un rayon de soleil. Gėlynas se laissait pousser les cheveux et Upė vit qu'il en était à cette phase intermédiaire où l'on avale presque autant de cheveux que de nourriture. Si elle avait été là, dans le jardin de Petras, elle aurait repoussé ses cheveux en arrière des deux mains pour lui dégager le visage. Quelque chose, toutefois, avait changé sur cette figure, un début de maturité, une grâce encore hésitante,

1. Comment vas-tu ?

qui aurait peut-être retenu le geste d'Upė. En bas des marches, le ton monta subitement et elle délaissa son téléphone.

— Je ne comprends pas ce que tu veux, Vakaris !

— C'est très simple et ça se résume à ce que je te répète depuis vingt bonnes minutes.

Giedrė posait contre la façade la plus décatie du bloc de maisons. Le maquillage charbonneux, trop dur sur ses yeux bleus, accentuait son expression de désarroi.

— Répète ce que je t'ai dit, Giedrė.

Au contraire de son amie, Vakaris paraissait calme. Il avait relevé les manches de son pull et lui parlait d'un ton égal.

— De ne pas faire de mines, marmonna Giedrė à contrecœur.

— Exactement. Je t'ai demandé de ne pas faire de mines, d'être *naturelle*, mais on dirait bien que c'est hors de ton champ de compétences.

— J'essaie...

— Tu essaies trop fort. Ce qui nous ramène à notre problème numéro un : le naturel est absent.

— Je croyais que tu voulais que j'incarne un personnage...

— Certes. Mais avec authenticité. Là, tu aguiches la caméra avec un désespoir qui fait peine à voir.

Rappelle-toi que ceci n'est pas un selfie et que l'audience n'est pas tes followers.

— Hey !

Les yeux verts de Vakaris, encore empreints d'un résidu de mépris, se déplacèrent sur Upė. Elle avait secoué la rampe de l'escalier d'une main ferme pour détourner son attention de Giedrė.

— Mon briquet est mort. Tu peux me passer le tien, Vakaris ?

Le mépris reflua dans les yeux du jeune homme. Il sortit une boîte d'allumettes de sa poche en s'approchant.

— Pareil, le mien est hors-jeu. Donne-moi ta cigarette.

Il alluma la cigarette d'Upė, tira deux bouffées, et la lui rendit. Dans le dos de Vakaris, Pijus se tamponna le front avec sa manche. Cet intermède ramena Vakaris à un semblant de civilité envers Giedrė, mais il prenait ses clichés avec une froideur hostile. Il finit par abaisser son appareil photo.

— Faisons une pause. Va t'acheter un café, et toi aussi, Pijus.

Manifestement ravi d'aller voir ailleurs, Pijus entraîna une Giedrė livide vers l'entrée de la cour. Restés seuls, Vakaris et Upė se jaugèrent en silence. Lui debout dans la cour. Elle assise dans l'escalier, jambes croisées. Lentement, Vakaris plaça son appareil photo à hauteur de son visage et pressa le déclencheur. Upė ne fit rien d'autre que de continuer à fumer. Sa tête s'était vidée, mais l'extrémité de ses nerfs envoyait des décharges de fureur sous sa peau. Vakaris posa un pied dans l'escalier, un deuxième. S'accroupit en face d'elle, appuya encore sur le déclencheur.

— Ton intransigeance lui fait du mal, Vakaris.

— C'est ce qui arrive avec les gens qui ne sont pas suffisamment exigeants envers eux-mêmes.

— Arrête. Même Pijus a peur de toi.

— Pijus a peur de son ombre.

Vakaris avait ramassé la pochette en cuir de Giedrė au pied des marches. Il ouvrit la fermeture Éclair, s'empara du rouge à lèvres de Giedrė et dévissa le bouchon.

— Mets ça, ordonna-t-il.

— Je n'ai pas de miroir.

— Je vais le faire pour toi, alors.

— Vakaris...

— Tu sais que j'ai du talent. Et tu sais que tu as envie de voir ce que vont donner ces photos.

Elle devait lui reconnaître une intuition redoutable pour mettre à nu ses démons. Upė le laissa placer une main sous son menton et lui appliquer du rouge à lèvres. Il reboucha le tube, prit du recul avec son appareil photo.

— Maintenant, tourne un peu la tête de côté.

Elle obéit et lui présenta son profil. Une araignée aux pattes translucides dévalait la rampe d'escalier bardée d'échardes. Upė se haïssait de se prêter au jeu. Elle ne pouvait s'empêcher de remettre une pièce dans le manège, dans l'espoir que les projecteurs s'allument, rien qu'une fois encore, et d'être *vue*.

— Tu peux continuer à fumer, si tu veux.

Elle ne se fit pas prier. Reposa la tête contre la rampe et regarda le linge qui, au vu de la météo, ne sécherait jamais. La fenêtre du deuxième étage claquait toujours, un écho ténu de musique baroque – du Bach – parvenait jusqu'à elle.

— C'est parfait, affirma Vakaris.

Il avait redescendu l'escalier et prenait des photos avec un angle de vue plus large. Upė songea qu'on verrait la rampe désossée, les briques couleur rouille sur les photos. On sentirait la lente mort de l'hiver, les picotements frais des prémices du printemps.

— Tu es en colère, Upė ?

Vakaris resserrait de nouveau le plan et les étudiait alternativement, l'objectif et elle.

— Où en es-tu sur ta liste de lecture ?

Cette maudite liste, rédigée par Vakaris il y avait des lustres. Elle n'avait pas barré de titre depuis longtemps.

— J'avance.

— Tu as terminé le livre de philo que je t'ai prêté ? Sur l'existentialisme ?

— Commencé hier soir.

Vakaris interchangea avec précaution la petite croix de Mara et l'anneau plat en argent qu'Upė arborait au lobe de son oreille droite.

— Tu mens. Tu ne l'as même pas ouvert.

Il orienta le visage d'Upė dans un angle captant mieux la lumière.

— Tu es à peine moins ignorante qu'il y a six mois. Mais au moins, sur ma pellicule, tu es naturelle.

Elle se liquéfia sous l'insulte, et tel un miroir, le visage de Vakaris refléta ce qui devait se lire sur le sien. Il s'empressa de prendre une série de clichés. Il avait obtenu ce qu'il voulait. Ses émotions volées, il les couchait sur pellicule. Lorsqu'il écarta enfin son appareil photo, la sorte d'état hypnotique dans lequel était tombée Upė se dissipa comme au sortir d'un rêve. Vakaris s'était assis près d'elle dans l'escalier.

— Tu es un meilleur modèle que Giedrė. Tu comprends d'instinct, Upė, d'où l'art peut surgir.

Il fumait pensivement, ne la regardait même pas. Ses yeux étaient semblables au glacis emprisonnant la surface des lacs en hiver. Durant les brèves heures de jour, avant que la nuit ne ravale les lacs et les pins, les sodybas et les hommes, Upė avait souvent joué à se faire peur en s'aventurant sur le lac. Avec Gėlynas, ils se racontaient ce qu'ils imaginaient apercevoir sous le glacis, des poissons, des fleurs de nénuphar, des larves de triton, mais ce n'était qu'une illusion. La glace était si dense qu'on ne voyait rien. Giedrė et Pijus réapparurent au bout du passage qui menait à la cour. Ils s'étaient absentés longtemps. À leurs mines, Upė comprit que Giedrė avait pleuré et s'était épanchée auprès de Pijus. Giedrė avait les paupières rouges, les traits tendus par l'angoisse.

— Je t'ai pris un latte, Upė, tu es en train de geler dans cet escalier.

Upė but quelques gorgées tremblantes, essayant de retenir dans ses membres la chaleur de la mousse de lait.

— Tu m'as emprunté du maquillage ? s'étonna son amie.

Upė ressentit le désir violent de jeter contre le mur son gobelet au rebord souillé de rouge à lèvres.

— Désolée. J'aurais dû te demander la permission.

— Pas de souci. Ça te va bien.

À côté d'elle, Vakaris fumait sans une once de trouble. Il finit par se lever et reprit la séance photo avec Giedrė et Pijus. Au soulagement de ces derniers, il s'abstint cette fois de toute critique. Upė savait qu'il n'était plus investi et se fichait du résultat. Il avait déjà en boîte ses images : une fille aux cheveux pâles, yeux gris et bouche prune, empestant l'insécurité et juchée sur une cage d'escalier misérable.

7
Vilnius, avril 2023

De retour à l'appartement rue Subačiaus, Upė claquait des dents. Elle se sentit encore plus déloyale quand Giedrė lui prépara une infusion avec un zeste de liqueur.

— Essaie de te retaper avant la soirée, on va chez Mindaugas, tu te souviens ?

Tout en lui parlant, son amie jetait des regards anxieux vers la porte fermée de la chambre de Vakaris.

— J'ai lavé ta nouvelle robe. L'appart est surchauffé, elle devrait vite sécher et tu pourras la porter ce soir.

— Je ne sais pas, Giedrė…

— Oh allez, ça me ferait plaisir !

Upė baissa la tête en signe de capitulation. Giedrė quitta le canapé et s'éclipsa dans la chambre de Vakaris. Après avoir bu l'infusion, Upė alla s'allonger sur son lit. Son cerveau tournait et palpitait entre les parois de son crâne tandis que la chambre s'obscurcissait. Un crépuscule poché de bleu et d'éclats de charbon tombait sur les toits de Vilnius. Dans l'appartement, une porte claqua, les lattes du plancher gémirent. Il était temps de s'habiller pour la soirée, se résigna Upė. Elle trouva, drapée sur le radiateur du salon, la robe très légèrement humide. Le satin chatoyait sur sa peau avec la fraîcheur d'un quartz vert trempé dans l'eau. Apprêtée avec soin, Giedrė vint l'aider à se maquiller puis les deux filles enfilèrent leurs manteaux. Vakaris patientait en fumant dans l'entrée.

— Tu t'es surpassée, Giedrė. Upė ressemble à une créature de la nuit.

— Et moi ?

— Toi… tu es égale à toi-même.

Le dédain transpirant dans la voix de Vakaris révolta Upė. Mais n'avait-il pas fait d'elle sa complice, à certains égards ? Après l'épisode des photos, le quereller sur son comportement aurait constitué un summum d'hypocrisie. En arrivant dans le grand appartement en colocation de Mindaugas, elle se servit un verre et prit la mesure de la soirée autour d'elle : l'appartement était plein à craquer d'étudiants de toutes spécialités, avec une surreprésentation des arts et des lettres. Occupé à lécher les bottes d'une étoile montante du théâtre, Kostas la lorgnait depuis un coin de la pièce. Upė savait qu'il la méprisait, et aussi que ce mépris passait au second plan dès qu'il s'agissait de la reluquer. Elle chercha un ami dans la foule, mais qui était vraiment un ami, ici ? Elle les avait tous rencontrés par l'entremise de Vakaris, tous sans exception. Vakaris, au centre d'un cercle tapageur et dont la bouche souriait largement mais pas les yeux, Vakaris pétri d'ennui, en perpétuelle quête de distraction. Giedrė et son avidité de plaire, qui touchait de temps à autre l'épaule de son petit copain pour se rassurer. Pijus, Mindaugas, Emilija… tous infiniment plus cultivés qu'elle-même, taillés dans une argile au grain plus fin. Vakaris s'extirpa de son cercle de fidèles pour l'approcher.

— On s'ennuie, Upė ?

— C'est toi qui as tout l'air de t'ennuyer, à ce que j'ai pu observer.

— J'ai repéré un philosophe en herbe qui se débrouillera peut-être mieux que moi pour te faire lire. Il pourrait te plaire.

— Tu ferais un prodigieux entremetteur, si tu choisissais d'abandonner les hautes sphères de l'art.

— Toujours vivifiant de parler avec toi, Upė.

— Je te retourne le compliment. Ta présence est si glaçante que je n'ai même pas besoin d'un second verre, tout bien pesé.

Vakaris ajouta une généreuse rasade de rhum dans le verre qu'Upė avait reposé sur la table puis y trempa les lèvres.

— C'est ce garçon là-bas, avec Kostas et Jurgis. Ton philosophe. Va lui parler.

— Je n'en ai pas envie.

— Tu as tort. Il pourrait t'être utile dans ton... éducation.

— Je t'ai dit que je ne voulais pas, siffla-t-elle.

— Du calme, *Upė de Vilnius*. On nous regarde.

Il souriait dans son verre. Upė comprit qu'elle lui offrait un divertissement de choix. Elle contourna la clique du « philosophe en herbe », un blond à la figure arrogante. Joint dans une main et bière dans l'autre, Kostas la héla mais elle n'avait pas la moindre envie d'écouter une envolée politique bourrée de lieux communs.

— Une petite idiote sans intérêt, entendit-elle. Vakaris et Giedrė la trouvent *prometteuse*...

Dans le couloir, des lambeaux de tapisserie se décollaient du mur. Upė s'esquinta les doigts sur le verrou de la salle de bain. La porte, une véritable antiquité, rechignait à se fermer, ayant dévié de ses gongs depuis un bon quart de siècle. Upė finit par réussir à tirer le loquet. La salle de bain avait tout d'un dépôt : produits de toilette et de ménage, balais et paniers de vêtements sales s'entassaient contre les murs. Upė fit couler un peu d'eau, s'aspergea le visage. Elle avait envie de se gratter, des démangeaisons insupportables. Elle enfonça les ongles dans la peau de son bras gauche et gratta férocement, jusqu'à ce que de petites pointes de sang perlent. Au lieu de la calmer, la vue du sang libéra une violence renouvelée, compulsive. Upė abhorrait cette enveloppe de peau, elle voulait à tout prix la retirer. Elle se griffa les poignets, la gorge, là où le sang battait trop vite. Son reflet éberlué dans le miroir l'emplit soudain de honte. Qu'est-ce qui lui prenait ? Tremblante, elle passa ses avant-bras égratignés sous l'eau du robinet. Son téléphone vibrait dans sa pochette de soirée. Elle le sortit, le fit tomber par terre. L'écran s'allumait, insistait comme un feu follet dans les bois la nuit de l'équinoxe d'automne.

— Upė, *blin*[1]. Je suis content que tu aies décroché.

Courbée au-dessus du lavabo, elle ferma les yeux. Dans la voix familière de Gėlynas, elle sentait

1. Version atténuée de « merde ! », du russe *blin* (littéralement, « pancake »). Les Lituaniens n'ont pas de vrais jurons dans leur langue et les empruntent au russe, au polonais et, de plus en plus chez les jeunes, à l'anglais.

la nuit bleue de pins, l'odeur du parquet qu'Indrė frottait avec de la cire d'abeille chaque printemps.

— Hey, Gėlynas...

Elle déglutit, s'efforça de sourire.

— Toujours pas couché ?

— Je sais qu'il est tard, mais j'ai essayé de t'appeler au cas où. Tu réponds pas trop aux messages. Tu es sûre que ça va ?

Que Gėlynas refusât de jouer leurs rôles habituels était insolite. Il n'y avait pas une note d'humour dans sa voix. Upė dévisagea son reflet. Le fard à paupières avait coulé, traçant des sillons argentés sur ses joues blêmes.

— Je suis à une soirée, lâcha-t-elle en essuyant du pouce les traces de fard. Tu entends la musique ? C'est un copain de mon coloc qui fait le DJ, il bosse pour des bars branchés à Vilnius.

— Ouais, ça a l'air sympa. Mais, Upė, tu ne m'as pas vraiment répondu...

— Tu veux voir ma tenue ? Attends, je mets la caméra.

Elle remonta les fines bretelles de sa robe et excava du plus profond d'elle-même *Upė des lacs*. Le silence de Gėlynas avait une qualité charnelle : il respirait, ondoyait, et se glissa sous la peau d'Upė avec la fluidité de la pluie abreuvant le lac.

Si on l'écoutait assez longtemps, le silence cessait d'être le silence.

— Tu étincelles, Upė, dit-il enfin.

Elle coupa abruptement la caméra.

— Et toi, c'est quoi ce gilet de vieux dandy que tu portais sur la photo ?

— Petras m'a forcé. Il a décidé tout seul que je devais avoir froid quand on a pris le café dans le jardin.

— Gėl, c'est désolant. Tu te laisses martyriser par les personnes âgées.

— J'aime bien passer chez Petras. On écoute de la musique à la radio, je l'aide à bricoler dans sa maison. Il m'a prêté sa canne à pêche ce week-end. Je pêchais et lui il mangeait des concombres marinés en parlant du temps d'avant. J'ai attrapé deux petits gardons mais je les ai relâchés dans le lac. La prochaine fois que tu rentres, on pourrait retourner pêcher. Tu penses venir quand ?

— Je ne sais pas. J'ai pas mal de choses à faire à Vilnius.

Silence encore. Le souffle suspendu de Gėlynas.

— Tu me manques, Upė.

Les rebords du lavabo se brouillèrent, et la bouteille de parfum, les trois brosses à dents, et même son reflet. Upė sentit les larmes s'entasser dans ses paupières, menacer de briser les digues.

— Tu as ton vieil ami Petras. Et tu dois plaire, au lycée, maintenant que tu as décidé de te passer régulièrement un peigne dans les cheveux.

— Tu ne m'entends pas.

— Hélas, mon ouïe est intacte et j'entends surtout que tu devrais te faire d'autres copains à l'école.

— Tu fais exprès.

— De quoi ?

— De me traiter comme un gosse.

La tension des deux côtés du fil était si tangible qu'Upė aurait pu la découper proprement au couteau. Elle balaya les larmes sur ses joues du revers de la main.

— Dis-moi plutôt comment tu vas, toi, articula-t-elle.

Un soupir crachota contre son oreille.

— Quoi ? Qu'est-ce qu'il y a ?

— Rien. Enfin, pas grand-chose.

Gėlynas s'interrompit. Upė écouta la respiration lourde d'hésitation et de tristesse.

— Ils ont changé un truc dans mes médocs. J'ai l'impression de plus être moi-même, Upė. C'est moi et c'est pas moi à la fois.

— Tu ne peux pas demander au médecin de modifier le dosage ?

— Il dit que c'est la bonne formule pour empêcher les voix de revenir. Mais ce médoc, il m'embrouille la tête. Mes émotions sont toutes plates. Comme… tu sais, des galettes de pommes de terre où tante Aušra aurait oublié de mettre du sel. En fait, où elle aurait oublié de mettre de tout, aneth, poivre, crème…

— Tu *dois* le dire au médecin, Gėlynas. Il va trouver autre chose.

— Il n'est pas très inventif, niveau traitement. Il est obsédé par les voix et les images. Moi, ce qui m'embête le plus, c'est quand je ne ressens rien.

Quelqu'un tambourina à la porte de la salle de bain. Gėlynas s'était tu, mais Upė sentait l'*attente*, là-bas, à des années-lumière de Vilnius. Et la douleur, la sienne ou celle de Gėlynas, il était impossible de les détricoter l'une de l'autre. Elle s'humecta les lèvres. Les mots lui semblaient inutiles, trop effrayants pour être pensés, encore plus pour être dits. On frappa encore à la porte et une voix de garçon demanda si la personne enfermée là-dedans allait finir par libérer la salle de bain.

— Je dois y aller, Gėlynas. On en reparle quand je rentre.

— T'as une drôle de voix. Tu as pleuré ?

— Ton imagination galopante. Ou des hallucinations, je ne sais pas.

— T'es cruelle, parfois.

Elle se le représentait à l'autre bout du fil : ses yeux limpides, les lignes de sa bouche quand il était contrarié ou meurtri, cet air de résignation sur son front, dans la courbe de sa mâchoire. Elle marmonna un « bonne nuit » et raccrocha hâtivement avant qu'il ne lui soutire d'autres émotions inconfortables. En sortant de la salle de bain, elle laissa la musique et le chaos des corps, des voix et de la chaleur peser sur elle comme les vagues de la Baltique. Elle s'était baignée quelquefois dans l'isthme de Courlande, et lorsque les vagues clapotaient, mugissaient à ses oreilles, le fracas lui faisait oublier le vide béant qu'elle sentait à la place du cœur. Elle émergeait des flots titubante, tout sens de l'orientation égaré. Un goût poisseux d'alcool sur le palais, Upė éprouvait cette même absence sourde alors qu'elle parlait avec les autres, dansait d'un bout à l'autre du salon, et qu'elle laissait le philosophe en herbe l'effleurer de ses doigts et de ses cheveux, distant écho des mèches blondes de Gėlynas.

8

Elle se réveilla à l'aube, avec les ablutions d'un canard en bordure du lac. Une bruine très fine mouchait la surface de l'eau et dégouttait sur les feuilles de bouleau froissées. Upė resta étendue sur le flanc sans penser à rien. Puis le désenchantement chavira au creux de son estomac, là où quelques heures plus tôt il n'y avait eu que miel. Elle était en sueur entre le tissu synthétique du sac de couchage et la peau de Gėlynas qui dormait, les bras enroulés autour d'elle. Il avait enfoui son visage brûlant de sommeil dans le galbe de sa nuque. Upė dénoua les mailles de leurs corps et se leva. Elle palpa d'une paume incrédule la peau nue de ses cuisses, de son ventre, blêmes comme la nacre à l'intérieur d'un coquillage. Elle s'habilla, salissant de cendres sa blouse : dans sa précipitation, elle avait mis les mains dans les restes glacés du feu.

Ombre silencieuse, elle traversa les bois et ne cessa de retenir son souffle qu'une fois sur la route grise d'humidité. Elle retrouva dans la poche de son short les deux cigarettes, en alluma une et la porta à ses lèvres en marchant. Elle ne parvenait pas à réfléchir. Seule la sensation de cassure, vertigineuse, l'accompagnait sur le chemin de la maison. La sodyba semblait avoir rétréci sous la bruine, et les tournesols ployaient le cou. Une toile d'araignée perlée d'eau tremblotait à l'angle d'une fenêtre. Upė se réfugia dans sa chambre aux murs recouverts d'affiches botaniques défraîchies. Elle s'enroula dans *Laima* et s'endormit aussitôt. Aušra vint la tirer du lit vers midi.

— Tu vas attraper froid, à dormir la fenêtre ouverte. Et tu ferais bien de te lever, tu prends ton service au bar dans une heure.

Upė se retourna sur le dos avec effort et regarda sa tante poser une tasse d'infusion sur la table de chevet.

— Donne-moi ta blouse à laver, on dirait que tu t'es roulée dans la cendre. Et les moustiques t'ont piquée, c'était à prévoir, ajouta-t-elle en voyant sa nièce se gratter le bras.

Upė haussa les épaules et passa la blouse par-dessus sa tête.

— Gėlynas est dans le même état que toi ? Vous avez toujours aimé jouer les sauvages...

— Je vais prendre ma douche.

Elle s'échappa dans la salle de bain, fermant à clef derrière elle. L'eau chaude charria les odeurs de fumée et de lac, mais une empreinte sensorielle persista à lui coller à la peau. Elle s'habilla, but son infusion et mangea son omelette aux champignons. Comme une automate, elle se rendit au travail. La pluie qui avait abreuvé la terre en fin de nuit s'évaporait au soleil. Upė mit en route la machine à café, remplit le réfrigérateur de cannettes de soda, déplia des torchons et des essuie-mains propres. Elle empilait des cartons vides dans la réserve quand la silhouette hésitante de Gėlynas se profila à la porte.

— Upė, ça va ? demanda-t-il à mi-voix.

— Aide-moi à mettre les cartons dehors, Markas.

— Upė...

Elle esquiva prestement la main qu'il tendait vers elle. En passant devant lui, une pile de cartons dans les bras, elle sut à son expression qu'elle l'avait blessé. Gėlynas n'était pas stupide, et il la connaissait bien : il recula, ne dit pas un mot de plus. Il ramassa les cartons et sa voix se fit aussi neutre que la sienne alors qu'ils discutaient de la meilleure façon de s'en débarrasser. Tout l'après-midi, ils rivalisèrent de politesse creuse, et lorsque Upė déclina la proposition de Gėlynas d'aller nager après leur service, il n'insista pas. Mais elle devinait l'accablement dans la danse au ralenti qu'il esquissait derrière le bar. Elle-même avait perdu le rythme : ils se heurtaient constamment de la hanche ou du coude, marmonnaient des « pardon » effrayés. À la sortie du bar, ils se séparèrent : Gėlynas se glissa dans le lac et Upė rentra chez elle. Aušra écossait des petits pois dans la véranda.

— Déjà ? Tu n'es pas allée te baigner, aujourd'hui ?

— Pourquoi poses-tu toujours autant de questions ?

Upė claqua la porte et consacra la soirée à peaufiner ses notes sur la migration des cigognes. Le lendemain, elle afficha la même distance passive-agressive. Et, au fil des jours, ce comportement devint un mode par défaut qui l'emplissait de dégoût. Pétrifié, Gėlynas n'osait même plus lui parler en dehors des échanges que leur travail au bar rendait nécessaires. Upė savait qu'elle se montrait injuste, mais elle ne pouvait résister à l'instinct de fuite. Elle se sentait traquée, sans bien comprendre ce qui était à ses trousses. En réalité, Gėlynas lui manquait. Elle pensait à lui en pistant les vanneaux huppés dans les marécages, en mangeant une glace seule sous le marronnier du jardin, et elle pensait à lui la nuit, parfois. Ces pensées-là, celles de la nuit, lui faisaient honte, la perturbaient. Au bar, il lui arrivait de couler un regard vers ses mains nerveuses qui comptaient la monnaie, sa bouche qu'il meurtrissait de ses dents. Elle le regardait, et elle savait qu'il la regardait aussi.

Upė s'était fermée à son oncle et à sa tante de manière tout aussi inflexible. Elle ne supportait plus de voir Aušra se bercer d'illusions. Jusqu'à la veille de la rentrée académique du 1er septembre, sa tante voulut croire mordicus qu'Upė retournerait à l'université. Et le 31 août au soir, quand il devient incontestable que cela ne se produirait pas, Aušra fondit en larmes.

— Je ne peux pas croire que tu vas ruiner ta vie juste comme ça !

— C'est un peu mélodramatique, tu ne crois pas ? rétorqua Upė en continuant de manger ses pommes de terre à la crème.

Elle se cramponnait à ses couverts pour contrôler le tremblement de ses doigts. Rytis demeura bouche bée face à ce qu'il devait interpréter comme de l'impertinence, voire pire, de l'ingratitude à l'égard d'Aušra. Upė n'en pouvait plus de savoir qu'elle aurait dû leur être reconnaissante, et éprouver cette reconnaissance à chaque minute de sa vie, être *parfaite*.

— C'est moi qui suis mélodramatique, quand *tu* es en train de saboter *ton* futur ? s'exclama Aušra.

— Tout de suite les grands mots.

— Si tu ne repars pas *maintenant*, j'ai peur que tu n'en trouves plus jamais le courage ! Qu'est-ce que tu vas faire, Upė ? Rester moisir dans ta chambre ?

— *Aušra*, souffla Rytis sur un ton de reproche.

— Quoi, Aušra ? C'est toi-même ce matin qui t'inquiétais qu'Upė n'ait aucun projet justifiant de laisser tomber l'université !

Upė mastiquait ses pommes de terre avec application. Elle avait quitté la scène, s'en était absentée en se détachant de son corps. Elle flottait quelque part au niveau du plafond.

— Je te déçois, très bien. Et alors ? Tu n'es pas ma mère.

Aušra essuya les larmes sur ses joues du plat de la main et laissa Rytis, atterré, la prendre par l'épaule.

— « Tu n'as pas d'enfants », « tu n'es pas ma mère », tu ne m'épargnes rien, n'est-ce pas, Upė ? Tu m'en veux de ne pas être ta mère, mais c'est tout ce que tu as, ma petite, cette tante qui t'aime autant que n'importe quel enfant qu'elle aurait pu avoir. Ou qu'elle n'a pas pu avoir, comme tu aimes me le rappeler ces derniers temps.

— Je suis désolée que mon père t'ait refilé le fardeau.

— C'est pour ça que tu ne te laisses pas aimer, Upė ?

La Upė du plafond regarda le corps d'Upė reposer ses couverts et se lever en remettant sa chaise bien en place. Les feuilles étoilées du marronnier frappaient en rythme la fenêtre derrière la tête courbée d'Aušra. Ce ne fut que lorsque Upė eut tourné la clef de la porte de sa chambre qu'elle se sentit revenir à elle-même. Le 1er septembre passa, aussi amer qu'un sirop contre la toux. Un ennui n'arrivant jamais seul, quelques jours plus tard, Upė appuya par erreur sur la touche « répondre » de son téléphone et la voix de son géniteur éclata contre son oreille.

— Upė ? Enfin, je me faisais du souci... Je n'ai pas pu rentrer en Lituanie cet été, mais je te promets de venir pour Vėlinės[1], et nous pourrons... nous

---

1. Le Jour de toutes les âmes, le 2 novembre. Autrefois, les tribus baltes païennes entretenaient la croyance que les esprits des morts demeuraient près de leurs proches. Le jour de Velines, les gens déposaient au cimetière un festin pour les morts : des oeufs, du miel, du vin... Aujourd'hui demeure la tradition d'allumer des bougies sur les tombes, le feu attirant les esprits.

pourrons parler, Upė. Rytis m'a dit que tu avais interrompu tes études...

Upė raccrocha et retira la batterie de son téléphone. Il pleuvait contre la fenêtre que, désormais, elle gardait bien fermée pour ne pas inviter dans sa chambre les nuits violacées de septembre. En sortant de la maison, elle remonta la capuche de son ciré. Des flaques peu profondes jalonnaient le fossé sur la route du village. Gėlynas était arrivé au travail avant elle, il astiquait obsessivement la tireuse à bière avec un produit dont elle lui avait répété un million de fois qu'il était trop abrasif. Elle rangea son sac sous le bar et, s'adossant au comptoir, laissa libre cours à l'hostilité qui la prenait à la gorge.

— Tout ce que tu vas réussir à faire, c'est t'abîmer les mains, et la machine n'en fonctionnera pas mieux.

— Au moins, moi, je nettoie, répliqua-t-il. Dans notre contrat de travail, article 6, alinéa 2, il est écrit que...

— Tu essaies juste de trouver des excuses à ton nouveau TOC.

Ces mots lui étaient venus si facilement, elle n'avait même pas eu le temps de les *penser*. Elle sentit la tension dans la mâchoire contractée de

Gėlynas, et entre leurs deux corps qui se frôlaient derrière le bar.

— Et si on parlait de la vraie raison pour laquelle tu me tombes dessus, Upė ?

— Parce qu'il faut une raison cachée quand on t'explique que tu vas bousiller la machine ?

— T'es une trouillarde. Laisse-moi nettoyer ce que je veux comme je veux, si t'as rien à me dire.

Il imbiba avec insolence son chiffon d'une dose supplémentaire de produit chimique et se remit à frotter le plateau-égouttoir. L'instant d'après, Upė s'agrippait des deux mains au tee-shirt de Gėlynas et l'embrassait à pleine bouche. Étourdie de soulagement, elle huma l'odeur de sa peau, pressée contre ce corps qu'elle avait exploré en imagination. Elle sentit le comptoir dans son dos ; Gėlynas avait cédé et pesait à son tour contre elle. Il lui rendait ses baisers avec ferveur, caressa du pouce l'intérieur de son poignet, remonta le long de sa taille pour effleurer sa poitrine. Il sembla soudain hésiter, là où Upė s'emparait désespérément des sensations oubliées, perdues, et qui revenaient à elle par un étrange tour de passe-passe quand elle était proche de son corps. Lorsqu'elle enfouit ses doigts cerclés de bagues en argent dans les cheveux de Gėlynas, il s'arracha à sa bouche et rétablit le no man's land.

— Tu te sers de moi, Upė, marmonna-t-il. Ça m'intéresse pas. Je vais donner un coup de chiffon sur les tables, occupe-toi de déballer les nouvelles tasses à café, elles sont dans le carton à tes pieds.

Et il la planta là, mortifiée. Elle supposait qu'elle l'avait bien mérité. Elle suspendit son ciré au porte manteau et fit mine d'être très occupée durant tout leur service. Par un jour de pluie, tout un chacun sait faire durer une tasse de café ou une pinte de bière indéfiniment : les clients démoralisés cherchaient une oreille captive, et Upė, assignée au bar, était tout ce qu'ils avaient à leur disposition. Le vieux Petras lui laissa deux euros de pourboire qu'elle dépensa à la machine à glace. Ce n'était déjà plus la saison, et elle frissonna en léchant la crème glacée à la pistache.

Le bar allait fermer dans moins d'une heure quand un souffle d'air humide passa sur la nuque d'Upė, lui indiquant qu'un client venait d'entrer. Elle jeta un carré de sucre dans le troisième café de Petras et leva la tête vers le nouveau venu. Il portait un manteau en laine noir, un pantalon noir, des Dr. Martens à la semelle épaisse, et ses cheveux étaient noirs aussi. Sa longue silhouette à l'élégance recherchée avait quelque chose d'incongru dans ce décor. Deux yeux verts fixaient Upė, narquois.

— J'ai demandé à l'épicerie où trouver Upė Balkaitė, déclara-t-il sans s'encombrer de salutations. On m'a dit que tu travaillais dans l'unique bar du village.

Upė lança un rapide coup d'œil vers la réserve au fond du bar, où Gėlynas faisait l'inventaire des sodas, puis à Petras, seul au comptoir, et qui observait Vakaris avec curiosité.

— Qu'est-ce que tu fais ici ? lâcha-t-elle du bout des lèvres.

Vakaris ôta son manteau et en secoua la pluie avant de l'étendre sur un des tabourets du comptoir.

— Ton accueil est un peu froid, Upė. Tu veux bien servir un café à un pauvre homme qui vient de faire une heure et demie de bus pour rendre visite à une amie ? Ne t'inquiète pas, j'ai de quoi payer.

Encore frappée de stupeur, Upė le regarda sortir quelques pièces de son porte-monnaie et s'installer paisiblement au comptoir. Elle se reprit et força les traits de son visage à retrouver cette expression nonchalante, maîtrisée, qui avait été son masque à Vilnius.

— Qu'est-ce que tu veux ? Espresso, cappuccino, flat white ?

— Cappuccino. Un hébergement pour la nuit, si possible, et, pourquoi pas quelques conversations intéressantes.

En dépit du bon sens, la vieille admiration qu'Upė avait éprouvée les premiers temps à Vilnius à l'égard de Vakaris apprécia un culot aussi éhonté. La répulsion essaya de reprendre le dessus et Upė batailla en préparant le cappuccino.

— Pour répondre à la question que tu n'as pas posée, j'ai fait bon voyage. Des voisins de bus d'une moyenne d'âge plus que respectable. Des paysages pittoresques. *La Forêt des Dieux* de Balys Sruoga pour me mettre dans l'ambiance.

— J'ai beau fouiller ma mémoire, je ne me souviens pas t'avoir invité à venir ici.

— Toujours aussi piquante, Upė. Tu n'as pas répondu à nos appels et tu n'es pas rentrée à Vilnius. Tes amis se sont inquiétés et donc... me voici.

— Mes *amis* ? répéta-t-elle d'un ton âpre.

— *Upė, Upė, Upė*. Je sens que tu vas jouer sur les mots.

Il avala quelques gorgées de cappuccino avec une légère grimace – Upė avait trop fait bouillir le lait. À l'autre bout du hangar, Gėlynas sortit de la réserve et elle retint sa riposte de justesse.

— Upė, il faut ajouter une vingtaine de bouteilles de jus d'orange à la commande.

Gėlynas s'arrêta devant le bar, fragile, incertain, saisi par l'attention aiguë de Vakaris. Upė le vit soudain à travers les yeux du Vilnois : halo de cheveux blonds, regard d'eau absent, cernes comme des hématomes et, ces derniers temps, une inexpressivité plate, dérangeante.

— C'est qui ? demanda Gėlynas sans filtre.

Vakaris avait terminé son examen et sourit à Gėlynas en lui offrant sa main.

— Vakaris. Tu dois être le jeune talent épistolaire.

— Markas.

— Ah bon ? J'avais cru comprendre que tu t'appelais Gėlynas.

— Non. Ça c'était avant.

— Avant quoi ?

— Vakaris est mon ancien colocataire à Vilnius, les coupa Upė.

— Et un très bon ami d'Upė, précisa Vakaris.

Les sourcils de Gėlynas s'affaissèrent en ligne droite ; toujours, chez lui, la manifestation du soupçon.

— Upė m'a jamais trop parlé de toi, pourtant.

— Vraiment ? Mais Upė ne parle jamais de grand-chose, non ?

— Vakaris ? intervint Petras, deux tabourets plus loin. Enchanté de faire la connaissance d'un étudiant de Vilnius. En mon temps, tu le croiras ou non, j'ai moi aussi foulé les couloirs de l'université rue Pilies, dans les années 60. Pas en tant qu'étudiant, hélas, je rendais visite au plus brillant élément de ce village, qui a ensuite émigré en Finlande après l'indépendance...

Upė bénit l'irrésistible attirance de Petras pour le radotage. Gėlynas repassa derrière le bar et se mit à laver la vaisselle à gestes saccadés. Il avait apparemment oublié l'inventaire et les commandes. En ce moment, tout semblait lui sortir de la tête et il abandonnait en cours de route la plupart des tâches dans lesquelles il se lançait.

— ... ingénieur d'État, tu te rends compte ? Enfin, tout était « d'État », de toute façon. Moi je suis resté au kolkhoze, à la ferme, avec mes frères... La vodka n'était pas chère et on en trouvait facilement, ça rendait les choses plus... supportables. Kestutis, mon frère aîné, est mort il y a trente ans d'une maladie du foie, j'ai toujours soutenu que sa mort avait quelque chose à voir avec cette mixture infâme...

— Fascinant, commenta Vakaris, le menton dans la main.

Il regardait Gėlynas se débattre avec la vaisselle. Upė avait envie de lui arracher du visage ce petit air de supériorité, mais elle avait tout aussi envie de brusquer Gėlynas, de le prier d'avoir l'air *normal* juste cinq minutes, pour ne pas piquer l'intérêt de Vakaris. Elle connaissait le prix de *l'intérêt* de Vakaris.

— Markas, tu veux bien terminer le service seul jusqu'à ce que Dainius prenne la relève ? Il reste une demi-heure.

— Tu vas où ?

— Chez moi. Vakaris est trempé, il faut qu'il se change.

— En plus, j'aimerais poser mes bagages, ajouta le visiteur, désignant un sac à dos à moitié vide.

— Il va dormir où ? Il n'y a pas de chambre d'amis chez toi.

— Sur le canapé, répondit Vakaris, qui s'amusait de plus en plus. Ou au pied du lit d'Upė, ce sera très bien.

— Vakaris, ramasse ton sac, on y va, ordonna Upė d'un ton sec.

9

Il ne pleuvait plus qu'à fines gouttes sur le lac en face du hangar. Les troncs des pins suintaient d'humidité et la mousse, abondante en ce début d'automne, débordait sur le chemin et crissait sous leurs pieds. Un escadron de grues hulula au-dessus de la cime des pins. Elles regagnaient les marais avant le crépuscule. Dans la forêt hantée de brumes, Upė entendait avec netteté chacun des pas de Vakaris derrière elle. Ses nerfs étaient si tendus qu'elle se sentait transpirer sous son ciré.

— Bel oiseau. Dans le genre merle blanc au milieu d'une colonie de merles noirs, et que ses congénères laissent mourir de faim dès la première migration.

— Tu repars demain, Vakaris. Si je ne te laisse pas coucher dehors, c'est uniquement parce que j'attends de toi une absolue discrétion en retour.

— Ce n'est pas une offre très généreuse, mais je veux bien faire un petit effort pour le plaisir de passer du temps en ta compagnie.

— Et abstiens-toi de tourmenter Gėlynas. Ce serait tomber bien bas, même pour quelqu'un comme toi.

— Le tourmenter, tu peux le faire très bien toi-même sans l'aide de *quelqu'un comme moi.*

Upė serra les poings dans les poches de son ciré mais ne répondit pas. Elle guida Vakaris à travers le village détrempé qui paraissait misérable dans la grisaille. Elle était fière toutefois de la sodyba jaune d'or de son oncle et de sa tante, avec sa petite véranda aux fenêtres bien propres encadrées de blanc. Le marronnier jaunissait et les coques des fruits semblaient lourdes, prêtes à tomber. Vakaris suspendit à côté du ciré d'Upė son manteau en laine, trop chaud pour la saison. Il avait un faible pour le côté décalé.

— Tu as changé de style, observa-t-il. Retour aux sources ?

Il détaillait son jean usé aux genoux et la blouse en dentelle blanche à manches courtes. Upė soutint son regard, qui glissa sur ses cheveux pâles. Ils avaient poussé pendant l'été et les pointes picotaient désormais la base de son cou.

— Dommage. Ça valait bien la peine que Giedrė et moi, on se fatigue à te créer un look.

— Je ne suis plus ton projet, Vakaris.

Elle pointa du doigt la porte de la salle de bain.

— Si tu veux prendre ta douche et te changer, c'est ici.

Lorsque l'eau se mit à couler de l'autre côté de la porte, Upė s'affala sur le canapé, la tête entre les mains. Vakaris repartirait dans moins de vingt-quatre heures. D'ici là, il suffirait de contenir la situation, faire en sorte de ne pas le laisser seul avec sa famille ou avec Gėlynas. À la sortie de la douche, elle le fit asseoir avec une tasse d'infusion. Elle-même resta debout, bras étroitement croisés sur sa poitrine.

— Comment va Giedrė ?

— Elle n'habite plus à l'appartement.

— Tiens donc.

— J'ai fini par m'apercevoir que Giedrė était quelqu'un d'un peu limité.

— Pas assez « brillante » ? Ou limitée dans le sens où elle avait enfin commencé à te poser des limites ?

Vakaris repoussa ses cheveux noirs et mouillés en arrière. Il lui souriait comme un père à la fois ému et agacé par la précocité de son enfant.

— Me diaboliser te rend un grand service. Ça t'évite d'avoir à te pencher sur ton propre rôle dans tes déboires.

Un déclic se fit entendre et les voix d'Aušra et de Rytis s'engouffrèrent dans la maison avec le vent. Chargés de sacs de courses, ils marquèrent un temps d'arrêt en découvrant un inconnu dans la cuisine. Aušra avait les yeux rivés sur la tasse en porcelaine polonaise à motifs de bleuets que Vakaris tenait négligemment entre deux doigts.

— Mon colocataire de Vilnius, le présenta Upė. Vakaris m'a fait la surprise d'une visite. Est-ce qu'on peut l'héberger pour la nuit ?

Vilnius était le mot magique. Aušra se détendit aussitôt et son visage s'illumina d'un espoir qui fit à Upė l'effet d'un coup de poing dans le ventre.

— Aušra, la tante d'Upė. C'est très gentil de ta part d'avoir fait la route jusqu'ici.

À l'écouter, on aurait pu penser que la distance entre Vilnius et leur village équivalait à la traversée de la Sibérie.

— Tu es étudiant à l'Académie d'arts, c'est bien ça ?

— En troisième année de licence, précisa obligeamment Vakaris. Excusez-moi de ne pas avoir annoncé ma visite ; comme Upė l'a si bien dit, je voulais lui faire la surprise.

Avec décontraction, il s'appuya contre le dossier de sa chaise.

— C'est un très joli village, je comprends qu'elle puisse avoir du mal à le quitter.

Upė, qui était en train de fourrer pots de crème fraîche, œufs et chou-fleur dans le frigo, lui jeta un regard d'avertissement dans le dos de son oncle et de sa tante.

— Où est le matelas d'appoint ? demanda-t-elle.

— Dans le placard de la salle de bain, répondit Aušra. Vakaris peut se reposer un peu avant le dîner, on mange d'ici une demi-heure.

Vakaris traîna à sortir de la cuisine, sans doute à dessein. Ils grimpèrent l'escalier et Upė le conduisit dans sa chambre après avoir récupéré le matelas gonflable dans la salle de bain.

— « C'est un très joli village » ? répéta-t-elle en imitant les inflexions de Vakaris. Tout au long de l'année, tu ne l'appelais pas autrement que « le bled ».

— Chez les autochtones, je m'adapte. Je ne suis pas un sauvage.

Il la laissa se débrouiller avec le matelas et fit le tour de sa chambre. Il termina son inspection par le bureau, où le carnet d'observation d'Upė était ouvert et le contenu de sa trousse renversé sur des feuilles volantes.

— Ne touche à rien.

— Comme si la migration des cigognes pouvait m'intéresser.

— Qu'est-ce qui t'intéresse, alors, et m'expliquerait ce que tu fais ici ?

— Ça faisait un moment que j'avais envie de t'observer dans ton milieu naturel. Et puis, j'accorde du prix à notre amitié.

— Tu parles sans cesse d'amitié, mais ce que tu aimes, Vakaris, c'est ton emprise sur autrui.

Vakaris s'était posé sur son lit et jouait avec sa boucle d'oreille. Soudain, Upė ne lui trouvait plus rien de flamboyant. Elle réalisa qu'elle ne savait rien, ou très peu, de l'histoire de Vakaris. Assis sur *Laima*, la courtepointe en patchwork, il semblait buter sur la perte de contrôle. Elle voyait ses neurones s'activer, chercher des moyens de le regagner.

— Tu as bien profité de mon influence, Upė. Elle t'a ouvert des portes.

— Sur quoi, au juste ? Des personnes qui se grandissaient en me regardant de haut ? Des types que ça t'excitait de me jeter dans les pattes ? Tes conseils sur quoi lire, comment gommer mes traces d'accent ou de dialecte ?

— Les expériences nous façonnent, Upė, tu n'as juste pas le courage de te hisser à la hauteur de ton potentiel. Ce n'est pas faute d'avoir essayé de t'aider.

Les mots de Vakaris mélangeaient si inextricablement le vrai et le faux que le doute ne manquait jamais de déstabiliser Upė. Sentant qu'il avait marqué un point, Vakaris s'allongea sur son lit, les bras derrière la tête, et se tint tranquille jusqu'à ce qu'Aušra les appelle depuis le rez-de-chaussée pour le dîner. La tante d'Upė avait sorti du congélateur les *cepelinai* qu'elles avaient préparés ensemble quelques semaines plus tôt. Après un passage au four, les pâtés de pommes de terre farcis à la viande de porc hachée étaient brûlants. Aušra les avait accompagnés d'une sauce aux lardons et oignons caramélisés et disposés avec art sur les assiettes polonaises. Upė pensait bien que sa tante espérait impressionner le citadin et lui faire sentir qu'il était le bienvenu parmi eux. Aušra ne pouvait pas savoir que Vakaris n'entrait en relation avec autrui que depuis une position d'éternel observateur, collectionnant les spécimens qui lui plaisaient, les épinglant sous verre comme des papillons exotiques.

— Tu exposes déjà dans des galeries ? s'enthousiasmait Aušra.

— C'est ma seconde exposition. Une installation artistique mixte : sculpture et vidéo.

— Quel est le thème ?

— Le *concept*, la corrigea-t-il, ce sont les solitudes contemporaines.

De l'autre côté de la table, Rytis mâchonnait tranche de pain après tranche de pain. Upė sentait que son oncle goûtait peu au charme de Vakaris.

— Upė apparaît dans le montage vidéo.

— Qu'est-ce qu'elle fait ? Est-ce qu'elle dit quelque chose ?

— Elle ne dit rien. Elle ne regarde pas la caméra. Je l'ai filmée un matin d'hiver, près de la rivière Vilna. Elle était en train de redescendre de je ne sais quoi, et…

— Merci, Vakaris, l'interrompit Upė d'une voix acide. Je suis sûre que ton exposition rencontrera un succès aussi renversant que ton talent.

— Redescendre de quoi ? répéta Aušra.

— Oh, en fait tu devais juste être fatiguée, non, Upė ? On n'avait pas dormi de la nuit, des conversations passionnantes…

Les conversations passionnantes, se souvenait Upė, avaient consisté en vérité à danser toute la nuit ; vers trois heures du matin, ils avaient atterri chez quelqu'un, le *futur grand écrivain lituanien* ou *le violoniste star de demain* – toutes les personnes que lui présentait Vakaris avaient à voir avec l'avenir. Ils avaient consommé des trucs, bu encore un peu, et l'instant d'après il était neuf heures du matin. Upė avait quitté le canapé qu'elle partageait avec ce garçon – Mindaugas ? Vytautas ? – qui déclamait en boucle le même poème de Jonas Mekas où le poète, en écoutant le bruissement de la pluie de printemps, se languit de la neige et des paysages blancs[1]. Pendant la nuit, les fenêtres s'étaient couvertes de givre. Vakaris était réveillé, lui aussi, et avait envie d'aller prendre des photographies dehors. Upė se rappelait l'immensité du froid, que son manteau et son écharpe ne suffisaient pas à couper. Dans le parc des Bernardins, derrière les arches et les tours gothiques en briques rouges de l'église Sainte-Anne, la rivière ne ruisselait plus comme à son habitude. Elle s'était figée jusqu'au cœur, dure et blanche. Vakaris avait sorti son appareil photo-caméra, il arpentait la rive gauche de la rivière, s'accroupissait dans la neige, l'œil rivé sur l'objectif. Upė, elle, ne bougeait pas, debout sur la rive, noyée dans toute cette blancheur. Elle s'était sentie loin, comme si elle s'était perdue dans un pays dont elle ne parlerait pas la langue et ne connaîtrait pas les chemins. Elle ne s'était pas aperçue que Vakaris la filmait. Plus tard, il lui avait

1. *Gėlių Kalbėjimas*, recueil de poèmes publié en 1961 par le cinéaste et poète lituanien Jonas Mekas, en exil aux États-Unis.

montré les images sur son appareil : les branches noires des tilleuls enrobées de gel, la rivière de glace, la colline enneigée où culminaient les trois croix commémorant les victimes du stalinisme… et elle, Upė, visage fermé, bouche bleuie par le froid.

— Upė ? Peux-tu sortir du vaisselier les assiettes à dessert ?

Tirée de sa transe, Upė obéit et s'efforça de se concentrer. Mais elle ne participait pas, laissant Aušra et Vakaris faire l'essentiel de la conversation. Après dîner, ils jouèrent aux cartes – pas moyen que Vakaris puisse y couper – et Aušra n'abandonna que lorsqu'elle eut gagné deux fois de suite.

— Alors, je me suis bien comporté ? s'informa Vakaris en prenant son paquet de cigarettes dans la chambre d'Upė.

— Ça aurait été un sans-faute si tu n'avais pas laissé entendre à ma tante qu'il m'est arrivé de consommer de la drogue. La tentation était trop forte, j'imagine.

— J'ai fait marche arrière, tu remarqueras. Je n'ai qu'à moitié cédé à la tentation.

Upė jeta une couette, un oreiller et un plaid en vrac sur le matelas de Vakaris et refusa la cigarette qu'il lui offrait.

— Comme tu veux, commenta-t-il en soufflant la fumée par la fenêtre.

Elle alla se doucher et enfiler son short de pyjama et un tee-shirt dans la salle de bain. Quand elle revint, Vakaris bouquinait *La Forêt des Dieux* à la fenêtre.

— Je vais dormir, maintenant, annonça-t-elle.

— On se couche tôt, à la campagne.

— Si tu veux continuer à lire, tu peux garder allumée la lampe sur le bureau.

Upė se glissa sous sa couette et se tourna du côté du mur. L'odeur de bois de la sodyba se referma sur elle, calmant ses nerfs. Elle était épuisée et, présence de Vakaris ou non, le sommeil l'appelait irrésistiblement. Upė sentit son corps s'alourdir, et des fragments de rêve papillonnèrent sous ses paupières. Gėlynas ramassait ses graines de tournesol dans la poussière, une à une, laborieusement, sans se rendre compte que ses poches étaient percées et qu'une nouvelle graine tombait chaque fois qu'il en reprenait une. Petras repeignait les façades du bar avec de la peinture acajou, et le père d'Upė parlait en allemand à une cigogne qui pêchait entre des roseaux. Lunettes de soleil sur le nez, Aušra et Giedrė passaient en voiture et criaient à Upė de monter. Vakaris, perché sur le toit du bar, secouait de son livre les mots de

La Forêt des Dieux, qui s'éparpillaient sur la tête blonde de Gėlynas. Tiraillée, Upė choisissait de s'agenouiller près de Gėlynas et de l'aider à collecter les graines de tournesol. *Dépêche-toi, il faut partir*, répétait-elle. Elle ramassait les graines à pleines poignées, mais Gėlynas persistait à les mettre dans ses poches trouées. Son ombre grandissait sur le mur, se hérissait de pics, de griffes et de plumes. *Le monstre m'a dit de me jeter dans le lac*, murmurait-il.

Elle se réveilla en sursaut. Vakaris dormait au pied de son lit, un bras sous la joue. Il faisait encore nuit. Upė alla entrouvrir la fenêtre et se pencha pour détacher une feuille du marronnier. Elle laissa l'air nocturne rafraîchir sa peau, éteindre le feu de ses pensées. Sur l'épaule endormie de Vakaris, la lumière de la lune faisait ressortir les lignes en pointillés d'un tatouage. Ces lignes n'allaient nulle part : elles tournaient sur elles-mêmes ou formaient des flèches sans pointe qui s'arrêtaient abruptement. Upė mit du temps à se rendormir.

Au matin, Vakaris la tira du sommeil en passant une tasse de café sous son nez.

— Avant que tu ne montes sur tes grands chevaux, non, je ne me suis pas servi tout seul. C'est ta tante qui nous a apporté du café.

Upė se redressa dans son lit et avala quelques gorgées du breuvage. D'un œil critique, elle nota que Vakaris n'avait aucune gêne à s'asseoir près d'elle sur le lit.

— Tu prends un peu trop tes aises.

— Upė, on était colocataires, et je ne compte pas le nombre de fois où on a partagé le même bout de canapé, de tapis ou même de lit, circonstances obligent. D'où te vient cette pudeur soudaine ? se moqua-t-il.

— C'était l'époque où je te faisais confiance.

Le geste de Vakaris fut si inattendu qu'elle ne réagit pas immédiatement : il passa le bout des doigts dans sa courte frange blond-blanc. Upė se raidit, sentit tout son corps s'immobiliser, devenir froid. Vakaris la regardait attentivement.

— Non ? lâcha-t-il d'une voix plaisante.

— Non.

La main se retira et Vakaris se remit à siroter son café comme si de rien n'était. Upė ramena ses genoux contre elle.

— Quand tu oses, est-ce que tu te souviens de cette nuit où tu as profité de l'absence de Giedrė pour m'embrasser et essayer de me tripoter, devant tes copains, en plus ? Et de ma réaction ?

— Tout le monde était bourré, Upė.

— Toi, tu ne l'étais pas.

Upė se leva d'un bond et, pressée de sortir de sa chambre, attrapa une jupe et un tee-shirt au hasard dans sa penderie.

— Alors, c'est ça, le cœur du problème ?

— Non, trancha-t-elle. Le cœur du problème, c'est que tu t'es pris pour un pygmalion toute l'année et que je t'ai laissé faire. Allons prendre le petit déjeuner, une conversation pareille sur un ventre vide me fatigue.

— Il est déjà onze heures, Upė. J'ai pris mon petit déjeuner avec ta tante, qui avait l'air de dire que tu as un drôle de rythme de vie, maintenant... Elle pense que tu te réfugies dans le sommeil, ajouta-t-il perfidement.

Évidemment, Aušra avait confié ses inquiétudes au merveilleux ami d'Upė. Elle en aurait hurlé, mais jugea préférable de maintenir une façade précaire.

— À quelle heure part ton bus ?

— Seize heures.

— Le samedi, je travaille de seize heures à minuit, mais je dois être au bar dès quinze heures aujourd'hui.

— Parfait, j'y boirai un dernier café avant la route du retour.

Pour faire passer le temps plus vite, Upė, en descendant prendre son petit déjeuner, déclara à son oncle que Vakaris était un excellent joueur d'échecs. L'astuce fonctionna, Rytis ne pouvant se refuser l'opportunité de jouer avec quelqu'un d'autre que ses vieux amis. La partie dura longtemps. Aušra leur apporta des sandwiches pour le déjeuner, qu'ils mangèrent au-dessus du plateau de jeu. Rytis finit par remporter la partie, au grand étonnement de son adversaire, qui maquilla mal un dépit froid et méprisant.

Upė souffla intérieurement lorsqu'ils prirent la route du travail. Ne plus l'avoir sous le même toit que son oncle et sa tante tel un cheval de Troie lui ôtait un poids des épaules. Au bar, elle n'eut pas à sortir ses clefs. Gėlynas était déjà là, occupé à la même chose que la veille : récurer la tireuse à bière qui n'avait nul besoin d'un nettoyage aussi acharné. Il ne s'était pas rendu compte qu'ils étaient entrés dans le hangar et Upė eut de longues secondes pour observer son manège : il s'interrompait constamment pour frotter son coude gauche, et elle était presque certaine qu'il marmonnait quelque chose au coude en question.

— Markas ?

Gėlynas laissa retomber son coude et s'empara d'un torchon pour essuyer un verre déjà propre et sec.

— Les verres à cocktail ont été livrés. Il faut tous les compter et les laver, récita-t-il. Pareil pour les verres à bière. Et Dainius a dit hier qu'il fallait vider le grand réfrigérateur et le désinfecter de fond en comble.

— Tu peux commencer à nettoyer le frigo, je m'occupe des verres.

Entretemps, Vakaris s'était assis au comptoir et examinait Gėlynas avec un sourire qui ne disait rien de bon à Upė.

— À qui tu parlais ? questionna-t-il.

Gėlynas fronça les sourcils et se frotta le coude, comme incapable de s'en empêcher.

— Ça te regarde pas.

— Mais tu parlais bien à quelqu'un ? insista Vakaris.

— C'est évident, non ?

— Je vais te préparer un café, Vakaris, intervint sèchement Upė. Tu peux lire, si tu t'ennuies.

Visiblement perturbé, Gėlynas renversa toute une pile d'éponges en attrapant le produit qu'ils utilisaient pour l'entretien du réfrigérateur.

— Quand est-ce qu'il s'en va ? demanda-t-il à brûle-pourpoint.

— Il repart à Vilnius cet après-midi.

— Je l'aime pas.

— Voilà quelqu'un de plus honnête que toi, Upė. Et qui tient des conversations secrètes avec son coude.

— C'était pas avec mon coude. Mais je peux pas en dire plus.

— Markas, le frigo, lui rappela Upė.

— Ah. Oui.

Gėlynas ouvrit grand le réfrigérateur et se mit à vider les compartiments. Upė servit son café à Vakaris puis s'attaqua à la corvée verres, en veillant à faire le plus de bruit possible pour décourager la discussion.

— Pourquoi tu n'es pas à l'université, toi ? reprit Vakaris par-dessus le tintement des verres. Tu as dû terminer le lycée cette année.

— Je dois d'abord mettre un peu d'argent de côté.

Ce n'était pas exactement faux, mais ce n'était pas toute la vérité non plus. Indrė avait confié à la famille d'Upė que Gėlynas n'était pas assez stable pour enchaîner directement avec les études après la dernière année de lycée.

— Ça semble raisonnable, approuva Vakaris.

— Oui, j'ai les pieds sur terre.

— Et puis, cette année off, ça te donnera du temps pour régler tes problèmes avec ton coude.

— Vakaris, siffla Upė. Tu ferais bien de partir maintenant, le bus a souvent de l'avance. On va se dire au revoir dehors.

Elle le prit par le bras pour le faire descendre de son tabouret et l'entraîna vers la sortie. Ce n'était pas tant Gėlynas qu'il avait cherché à atteindre mais elle, car il se laissa faire, satisfait du résultat.

— Pressée de me donner un petit baiser d'adieu ? lança-t-il d'une voix haute et claire juste avant de passer la porte.

Upė le poussa dehors et attendit qu'ils se soient éloignés du hangar pour le confronter.

— Tu es content de ton travail de sabotage ? explosa-t-elle. Comment c'était, de venir me pourrir jusque chez moi ?

— Intéressant de voir ce qui a fini par déclencher ta colère.

— Les gens ne sont pas des rats de laboratoire, Vakaris ! Tu comprends enfin pourquoi je ne veux plus de toi dans ma vie ? Ton amitié, c'est de la prédation. Ta sophistication, du vide.

— Et toi, Upė, ta banalité est à crever d'ennui derrière tes airs mélancoliques. Tu te planques dans ton bled et tu fais la morte parce que tu es trop lâche pour oser devenir quelqu'un.

— Puisque je suis si pathétique, fiche-moi la paix pour de bon !

— Et tu vas faire quoi ? Continuer à essuyer des verres et à briser le cœur de l'oiseau des marais ? Tu ne m'avais pas dit que ce joli, ce pauvre garçon, était un cas qui relève de l'hôpital psychiatrique.

Upė se plaqua les mains sur les oreilles. Son cœur cognait dans sa poitrine à coups de basse, sourds, comme gorgés de sang noir. Vakaris lui prit les poignets et les écarta de ses oreilles avec une douceur teintée d'ironie.

— C'est dur d'entendre la vérité, Upė ?

— Tu ne le connais pas...

— Et donc, je vois comme un nez au milieu de la figure ce que toi, tu refuses d'accepter : Gėlynas-Markas est complètement givré.

Upė lui arracha ses poignets et recula vers le hangar.

— Ne reviens plus ici. Il n'y a plus rien à prendre chez moi, Vakaris. Tu entends ? *Rien.*

— Je comprends maintenant qu'il n'y avait *rien* de bien remarquable dès le début, Upė des lacs.

Elle lui ferma la porte au nez et tourna la clef dans la serrure. En s'appuyant contre la portė, elle sentit le dégoût remonter dans sa bouche. Derrière le bar, Gėlynas nettoyait le frigo et il avait l'air d'un garçon si ordinaire qu'Upė refoula les mots de Vakaris tout au fond de sa conscience.

10

L'été s'épuisa tout à fait, balayé par des pluies brèves et les éclaircies d'un soleil sans chaleur. Dans les bois et les fossés le long des routes, les champignons trouvaient un terreau fertile. Upė gardait un canif sur elle pour scier le tronc caoutchouteux des cèpes dans l'herbe mouillée. Elle les rapportait à la maison et ce qu'ils ne mangeaient pas le jour même était séché et conservé dans des boîtes à thé. Upė se sentait seule, assise à table entre son oncle et sa tante, ou derrière le comptoir du bar où les clients bavardaient et salissaient leurs verres – un brouhaha qui ne la concernait pas. Gėlynas aussi était seul, il se renfermait dans son monde, recroquevillé en dedans. Quand Upė arrivait au hangar avec de l'avance, elle apercevait son ami au milieu du lac. L'eau devait être glaciale, mais Gėlynas nageait avec entêtement. Un jour, elle le croisa sous une averse serrée et froide au retour de sa baignade. La pluie trouait la soie grise du lac, un son chuintant de paille de seigle frottée. Gėlynas ramassa son sac sur le ponton et dévisagea muettement Upė. Puis il la dépassa, déverrouilla la porte du bar et laissa des traces de pieds humides sur le parquet. Upė resta dehors à regarder la pluie brouiller les pins, pour ne pas être tentée de suivre Gėlynas, de s'approcher de lui jusqu'à déchirer le voile de la distance. Elle avait envie de laisser rôder ses lèvres sur les rigoles marbrant la joue fraîche et saisie d'une fine chair de poule. De passer les doigts dans les cheveux d'un blond plus sombre, alourdis par l'eau rendue terreuse à cause des feuilles mortes. Et de lui dire qu'elle avait aimé ce qu'ils avaient fait cette nuit-là. Quelle autre option que de continuer à fuir cela lui laissait-il ?

Le dernier week-end de septembre, ils déplacèrent le mobilier, dégageant de l'espace au fond du bar : un groupe de rock de Vilnius, populaire à l'époque de l'indépendance, devait se produire devant la communauté de fans de la région. Incorrigibles nostalgiques, Aušra et Rytis ne parlaient plus que du concert. Upė s'était battue bec et ongles auprès de Dainius, le propriétaire du bar, pour leur réserver une des meilleures tables. Avec Gėlynas, ils auraient dû commencer les préparatifs deux heures avant l'ouverture du bar mais il arriva en retard. Sa chemise en lin était boutonnée de travers et il portait des tongs.

— Tu as décidé de faire le clown, Gėlynas ? grommela Dainius.

— Markas.

Il avait répondu entre ses dents, une voix lacée de plomb. Exaspéré, Dainius rajusta la grosse montre autour de son poignet, héritage de son grand-père.

— Upė, tu me gères ce cirque, ordonna-t-il. Débrouille-toi avec lui.

Dainius retourna au trot vers les artistes, un homme aux longues moustaches poivre et sel et deux barbus d'une cinquantaine d'années qui devaient être jumeaux. Curieusement, le patron semblait convaincu que son travail consistait à boire autant de pintes que possible avant le concert.

— Markas, tu peux préparer le bar ? demanda Upė. N'oublie pas qu'on servira aussi des gin tonic ce soir. Les verres à cocktail sont dans la réserve. Et... ta chemise.

— Quoi ?

— Ta chemise, répéta-t-elle.

Upė effleura de l'index la rangée de boutons de la chemise de Gėlynas. Le lin était fripé, elle essaya vainement d'aplatir les plis autour du col.

— Tu m'emmerdes, Upė.

Il la repoussa et trébucha en arrière, ses doigts triturant les boutons. Son agressivité empoissait l'atmosphère, si palpable et radioactive qu'Upė eut à son tour un mouvement de recul.

— Tu m'emmerdes, tu m'emmerdes.

— Calme-toi, Markas…

— Ma chemise va rester comme ça. Elle va rester comme ça, tu entends ? Elle va rester comme ça.

— Baisse un peu le ton, tu veux bien ?

— Tu m'emmerdes.

— Je sais. Écoute, va préparer le bar. Dainius est là, tu comprends ce que ça veut dire ?

— Il sert à rien.

— Non, je te l'accorde, mais il faut que tu assures.

Sur un dernier « tu m'emmerdes », délivré avec la grandiosité d'un seigneur féodal, Gėlynas alla néanmoins préparer le bar. Dans la semi-pénombre, les tongs ne se verraient pas et la chemise débraillée ne choquerait personne, décida Upė en rejetant un sentiment de catastrophe imminente. Ce n'était pas la première fois qu'il gesticulait au bord du précipice, et il finissait toujours par s'arrêter un pied au-dessus du vide. Upė arrangea sur chacune des tables des dahlias rose pâle et des photophores en papier. Elle alluma les bougies puis se posta à la porte du bar pour contrôler les tickets, laissant les gens entrer par petits groupes.

Aušra et Rytis se présentèrent au bras l'un de l'autre. Enroulée dans son manteau camel, des bottes à talons jaillissant sous la corolle de sa jupe plissée, sa tante était une apparition saisissante dans ce bar de province. Venus de Moletai, d'Utena, d'Ignalina et de la constellation de minuscules villages perdus de part et d'autre des routes filant vers la frontière lettone, les visiteurs serraient dans leur poing des tickets aussi fins que du papier à cigarette. Ils bavardaient gravement entre eux, rendus frères par cette attente commune, l'espoir d'une soirée sortant de l'ordinaire. Upė essayait de deviner, à leur physionomie, lesquels rentreraient à la maison réjouis, l'œil rêveur, ou se coucheraient tristement déçus. Comme elle les voyait s'entasser au comptoir, elle se dépêcha de valider les dernières entrées et rejoignit un Gėlynas débordé. Dès que l'assaut se calma, elle prit le contrôle de la salle, assurant les liaisons avec le bar. Gėlynas préparait des gin tonics à la chaîne, hors d'état de dire ou de faire quoi que ce soit de bizarre. Elle circulait de table en table, cocktails fringants et sodas sirupeux en équilibre sur son plateau. Le soir, les mâchoires se détendent, les plis se relâchent, les bouches sont plus bavardes.

Quand elle rencontrait les clients au supermarché, Upė les trouvait méconnaissables.

— Upė, le concert va commencer dans dix minutes, la prévint Dainius. Reste vigilante, et ne touche pas à l'alcool. Surtout, veille à ce que celui-là ne boive rien non plus.

Celui-là. Dainius n'était pas près de pardonner l'affaire des tongs. Les artistes investirent la scène improvisée, accueillis par une salve d'applaudissements. Upė, qui les avait jugés un peu pitoyables avec leurs ventres à bière et leurs tee-shirts de rock-star, tomba des nues : ils jouaient bien. Et ils mettaient du cœur dans leur performance, une authenticité dont elle-même se trouvait incapable sur le théâtre de sa propre vie. Elle se rangea discrètement contre le mur pour écouter. Des gouttelettes de sueur se formaient à la racine de ses cheveux, qu'elle souleva d'une main avec la sensation de manquer soudain d'oxygène. La marée de gens, *ses* gens, ceux qu'elle avait la responsabilité de servir, d'abreuver, d'écouter parfois, étaient tournés comme un seul homme vers la scène et les artistes qui les emportaient dans un monde onirique ressemblant aux *Kibirkštys*[1] du peintre

1. *Étincelles*, 1906, triptyque de tableaux du peintre symboliste lituanien Čiurlionis.

Čiurlionis. Et l'existence même d'Upė se délitait dans les gazes bleues et les perles de lumière des Kibirkštys.

— Upė ! *Upė*, secoue-toi !

Le visage de Dainius surgit à quelques millimètres du sien, les yeux lui sortant presque de la tête. Il soufflait et vociférait. Elle essaya de suivre sur ses lèvres les mots mutilés par la puissance de la musique. *Ce clown… !* saisit-elle. Upė se désintéressa aussitôt de Dainius pour se hâter vers le bar. Gėlynas ne se tenait plus derrière le comptoir, il était passé de l'autre côté et sifflait du gin tonic dans des verres qu'il arrachait aux mains de clients ahuris. Le front plaqué de sueur, il haranguait des étudiants, leur postillonnant à la figure.

— Je m'appelle *Markas* ! Markas avec un M, un A, un R, un K, un A et un S. M-A-R-K-A-S. Il ne faut pas écouter le vieux, là, il n'a plus toute sa tête, lui c'est Petras avec un P, un E, un T, un R, un A et un S, et il invente n'importe quoi. Il n'y a pas de Gėlynas !

Les jeunes encerclant Gėlynas s'esclaffaient. Il ne se rendait pas compte qu'on riait de lui, il parlait fort, d'un ton important. Un attroupement s'était formé autour du bar et quelques têtes, aux tables les plus proches, pivotaient en direction du tumulte. Upė se poussa en avant, progressant à coups de coude assassins.

— *Upė!* s'exclama Gėlynas. Avec un U, un P, et un Ė ! Toi, là, explique à ton copain du Portugal que ça veut dire *rivière*, un bon prénom, un très bon prénom ! C'est sa mère qui le lui a donné, sa mère s'appelait Viltė, *espoir*, elle est morte il y a longtemps, vous savez ? Mais parfois elle observe Upė quand elle dort, je sais, *je l'ai vue* ! Je me suis réveillé une nuit au bord du lac, il y avait une ombre penchée sur Upė, elle la regardait comme si elle voulait l'emmener…

— Et si on allait prendre l'air tous les deux, Markas ?

Le vieux Petras grimaça, comme si l'intervention d'Upė n'était qu'une calamité de plus. Il murmurait dans sa barbe des paroles d'apaisement inintelligibles.

— C'est quoi, ce regard ? J'irai nulle part avec toi, Upė.

— Il fait trop chaud, j'ai mal à la tête. J'aimerais bien que tu m'accompagnes dehors.

Avec un sourire si large que ses fossettes creusèrent de profondes virgules dans sa peau, Gėlynas prit le verre de Petras et l'agita sous le nez d'Upė. Ses pupilles étaient dilatées, la sueur luisait sur son visage congestionné.

— J'irai nulle part avec toi, glapit-il. *Moi* je vais bien, je vais très, *très* bien !

Upė se sentit blêmir. Elle essuya le gin tonic sur sa joue et chercha des yeux des adultes familiers, mais il n'y avait là que le gentil et inutile Petras.

— C'est l'idiot du village, ce type ?

Un jeune homme barbu qui se croyait très spirituel déclencha une nouvelle secousse de rires dans son groupe d'amis. Gėlynas avait flanché, pantin désarticulé battant des bras dans le vide.

— Je ne suis pas un idiot, balbutia-t-il. Je vais *merveilleusement* bien, je suis juste un tout petit peu déprimé.

— Un tout petit peu frappé, ouais !

— Et toi, cingla Upė, ça t'amuse d'humilier les autres ? Tu ferais bien de la fermer, je les connais, les types dans ton genre ! Ça vient de la grande ville et ça se croit supérieur !

— Et moi je les connais, les petites provinciales coincées dans leur village ringard. Tout ce que t'as, c'est ta langue bien pendue. Tu fais quoi de ta vie à part travailler dans ce bar ?

Gėlynas repoussa Upė derrière lui, si brutalement qu'elle perdit l'équilibre. Le choc vida l'air de ses poumons quand elle heurta l'angle du bar.

— Ne t'en fais pas, Upė ! Oui, tu as bien deviné, ce sont des monstres venus tout droit des bouches de l'enfer, mais je peux les faire disparaître ! Tu n'as pas idée de l'étendue extraordinaire de mes pouvoirs, Upė, *extraordinaire* !

Sans que personne n'ait le temps de réagir, Gėlynas bondit derrière le comptoir et attrapa sur l'évier le couteau qu'ils utilisaient pour découper des tranches de lard. Quelqu'un poussa un cri strident, coup d'envoi d'une débandade chaotique vers la sortie. La musique dérailla puis s'arrêta tout à fait, et Upė entendit des voix éclater de tous les côtés. Sonnée par sa collision avec le bar, elle se demanda si ce qu'elle voyait était bien réel : Gėlynas, tremblant de tous ses membres, blanc comme un linge, serrant le couteau des deux mains et le pointant devant lui sur les étudiants qui reculaient sans oser lui tourner le dos.

— Ce type est un malade ! couina le barbu.

— Je ne suis pas fou ! Vous ne me faites pas peur, pas du tout !

Mais Gėlynas, de toute évidence, était terrifié. Son regard confus sautait des étudiants aux familiers essayant de se rapprocher de lui – des voisins et sa mère Indrė, retenue à grand-peine par Rytis. *J'ai toujours su le calmer*, se répétait Upė, un flot d'adrénaline inondant ses veines. *J'ai toujours su…*

— Il n'y a pas de monstre, ici… juste des gens. Tout va bien, tu peux reposer ce couteau. Markas ? Tu m'écoutes ?

Il avait perdu ses tongs et ses pieds nus s'ancraient fermement dans le sol, comme il le faisait chaque fois qu'il testait sa réalité.

— Tu es au courant que j'ai une mission, Upė ? Que je suis l'unique personne au monde capable de l'accomplir ? Mais je ne peux pas t'en parler… c'est trop important, Upė. Et ceux-là, ce sont des démons, c'est *lui* qui les a envoyés ! C'est un dieu jaloux, j'ai été *choisi* et je représente une menace pour lui, il s'est glissé à l'intérieur de moi pour me détruire ! C'est insupportable, j'entends sa voix dans ma tête depuis… *Ne me touche pas !*

Upė, qui s'était rapprochée jusqu'à s'interposer entre les étudiants et Gėlynas, s'immobilisa. Le couteau était si près de son visage qu'elle voyait les traces de gras sur la lame et un filament de couenne de jambon.

— Je ne t'ai pas touché, Markas, articula-t-elle. Je t'écoute. Et je comprends, ça doit être terrifiant d'entendre cette voix.

Gėlynas agrippait toujours le couteau, les jointures de ses mains livides, cependant Upė discerna une altération dans son regard.

— Ne fais pas attention à ce qu'il se passe autour de nous. Regarde-moi. Ce n'est rien, Markas, les gens s'en vont, il n'y a plus beaucoup de monde. Quand ils seront partis, on ira piquer une tête dans le lac tous les deux.

— Tu mens, répondit Gėlynas.

Et elle ne pouvait pas le réfuter. Elle savait. Elle savait que les plus dégourdis – son oncle, sa tante, ou l'épicière Violeta, par exemple – avaient dû appeler la police et une ambulance.

— Pousse-toi, Upė, les démons...

— Ce ne sont pas des démons. Juste une bande d'imbéciles, comme tu en as souvent rencontré. C'est toi qui es important, et c'est pour ça que tu dois lâcher ce couteau. Je te jure qu'il n'y a pas de démons ici. C'est la voix dans ta tête qui essaie de te faire croire des choses qui ne sont pas réelles.

Le couteau hésita, s'abaissa. Les jeunes saisirent l'opportunité et détalèrent ventre à terre vers la sortie du bar. Soulagée, Upė toucha d'instinct l'épaule trempée de sueur de Gėlynas. La main qui tenait encore le couteau sursauta mécaniquement, taillant une estafilade superficielle dans l'avant-bras d'Upė. Elle éprouva la caresse prompte et chaude de la lame et les Perséides explosèrent devant ses yeux.

— Tu m'as touché ! Tu m'as touché, Upė ! Tu m'as touché ! Je vais au lac sans toi, tu es mauvaise, t'es une menteuse, Upė, une menteuse ! T'approche pas de moi !

Lâchant le couteau, il tourna les talons et disparut en coup de vent dans la nuit noire. Personne n'osa l'arrêter. Les rares villageois encore présents dans le bar s'étaient écartés de son passage.

— Gėl ! Gėlynukas !

Upė se précipita à sa suite, mais ses jambes flageolaient et elle dérapait dans les feuilles molles et glissantes. Le froid piqué de grains de pluie la réveilla. Gėlynas avait déjà atteint le ponton qui s'avançait sur l'eau opaque du lac. Sa silhouette indistincte décrivit un arc et l'eau l'accueillit avec une déflagration de bouchon de champagne cédant sous la pression des bulles. Upė s'immobilisa au bout du ponton, fouilla les flots des yeux. Une tête ressortit à plusieurs mètres de la rive puis s'éloigna vers le milieu du lac.

— GĖLYNAS ! hurla-t-elle.

Un manteau enveloppa ses épaules ; le parfum de musc blanc de sa tante, et enfin ses bras se resserrèrent autour d'elle. Upė n'avait plus la force ni l'envie de se dégager, mais ses yeux restaient fixés sur l'eau du lac, cherchant une forme humaine dans l'étoffe saturnienne de la nuit.

— Il va se noyer… comme maman ! Aušra, il va se noyer !

Peut-être croyaient-ils qu'elle ne savait pas. Mais Upė avait toujours su. Simplement, à quoi bon en parler ? Des larmes lui brûlèrent les yeux et elle ressentit soudain la douleur palpitante dans sa hanche et la chair de son bras.

— Gėlynas est un bon nageur, murmura Aušra.

— Il n'est pas dans son état normal… C'est ma faute, je *devais* le surveiller mais je n'ai pensé qu'à moi… et je lui ai fait du mal, Aušra, je ne peux pas te raconter, sanglota-t-elle.

— Ce n'est pas ta faute, Upė. Tu n'es pas responsable de lui, et je regrette amèrement de ne jamais te l'avoir expliqué. Écoute ! L'ambulance arrive…

La police suivait l'ambulance de près, et très rapidement un canot à moteur se mit à sillonner le lac, braquant des cercles de lumière sur l'eau obscure. Un infirmier s'agenouilla auprès d'Upė, désinfecta et banda son avant-bras.

— Ce n'est rien. Tu n'auras même pas besoin de passer par les urgences.

Plus loin, des policiers parlaient à Indrė, qui dissimulait sa tête entre ses mains. Upė ne pouvait pas entendre la teneur de leur conversation, mais elle savait ce qui attendait Gėlynas. Était-ce pour cette raison qu'il avait fui dans la béance du lac ?

Enfin, le canot revint vers le ponton, avec à son bord, encadré par deux sauveteurs plus petits que lui, un Gėlynas prostré. Upė voulut se lever quand ils passèrent devant elle, mais son ami ne lui accorda pas un regard, et l'infirmier qui s'était occupé d'elle la contraignit à rester assise.

— Ce n'est pas une bonne idée, lui dit-il gentiment.

— J'aimerais l'accompagner…

— Non. Sans vouloir te faire de la peine, ta présence ne ferait qu'empirer les choses. Le moindre stress peut faire repartir le malade au quart de tour…

— Gėlynas n'est pas malade.

— Il l'est. Et tu le sais.

Upė cessa de lutter, redevint aussi passive qu'une enfant entre les bras de sa tante. L'infirmier les salua puis monta dans l'ambulance avec ses collègues. La porte claqua, et quand les sirènes se turent au loin, les sons du lac retrouvèrent leurs droits : chuchotants, doux, et indifférents au chagrin d'Upė.

11

Octobre prit une inspiration profonde, et une atmosphère épurée peupla les bois. Les feuilles jaunes des tilleuls frétillaient sous l'âpreté du vent mais le ciel s'éclaircit, assoupi dans un bleu délavé et rêveur. En fin d'après-midi, Upė ouvrait le bar seule et Dainius passait dans la soirée pour l'épauler. Le plus souvent, elle n'avait pas besoin de lui. Elle préférait accomplir ses tâches sans l'avoir dans les pattes, ni, pire que tout, subir ses bavardages. En cette saison, seuls les habitués fréquentaient le bar. Petras discutait au comptoir sans requérir sa participation active, elle pouvait donc se contenter de laisser entrer par une oreille et ressortir par l'autre. Il arrivait au vieil homme de dire des choses intéressantes sur les lectures clandestines de poésie dans les années 1960. Il déclamait à Upė des vers tronqués, empruntés à des amis morts depuis longtemps. Lorsqu'elle le questionnait sur la vie quotidienne à cette époque, sa réponse était toujours la même : *je ne me souviens plus*, et les plis autour de sa bouche se creusaient d'amertume. Il préférait parler poésie, claudiquant de temps en temps vers la sortie pour fumer. Il laissait son chat déambuler sur le comptoir et se frotter contre les mains d'Upė, qui le caressait quand Petras avait le dos tourné.

— Tu sais, ma petite Upė, ce que je t'ai toujours vue faire, suivre la trace des oiseaux, le nez en l'air, écrire sur leur habitat, la couleur de leurs plumes, identifier les zones qui regorgent d'insectes et où ils aiment se nourrir, c'est de la poésie aussi.

Ils étaient seuls au comptoir, un jeudi autour de dix-sept heures, et Upė, désœuvrée, se balançait sur un tabouret.

— Vous croyez ? demanda-t-elle, sceptique.

— Oui. Les mots que tu couches sur le papier, ils créent une mélodie, ils évoquent des images. Notre... notre garçon m'avait fait lire quelques extraits sur vos cigognes, début août. J'ai cru les voir déployer leurs ailes sous mes yeux et s'envoler loin des pages. C'était beau.

Le goût de Petras pour les mots la faisait réfléchir. Sous le toit pentu de l'avant-dernière sodyba du village, Upė promenait son stylo à encre bleue au-dessus des pages de son carnet. Et un soir, en se remémorant les bribes d'un poème récité par Petras, *Sėclos*[1], elle appuya la plume sur le papier et se mit finalement à écrire. Qu'avait-elle à perdre ? Elle n'était ni une poète ni une scientifique. Mais elle avait le don d'observation et écrivait sur ce qu'elle connaissait le mieux : les cigognes. Elle feuilleta les pages et les pages de notes consignées au cours des années, mises en images par Gėlynas. Il avait aussi griffonné à son insu des miniatures dans les coins : des canetons jouant et s'ébattant sur l'eau, un rat des champs pris entre les serres d'un épervier, la bicyclette d'Upė sous le marronnier, Upė elle-même, arrogante, têtue, revêche selon l'humeur du jour, Upė face au lac, ses cheveux coloriés au pastel, un blond froid de pleine lune. Vers minuit, Aušra frappa timidement à la porte de sa chambre.

— Tu peux entrer, l'invita-t-elle.

Sa tante plaça dans la penderie deux couvertures en laine puis s'assit sur le lit.

— Qu'est-ce que tu fais ?

— J'écris.

Le stylo à la main, Upė pivota sur sa chaise, sans oublier d'adresser à sa tante un bref sourire. En ce moment, les adultes avaient un insatiable besoin

1. Graines, pépins.

d'être rassurés. L'expression inquiète d'Aušra s'adoucit.

— C'est bien.

Sa tante sortit et referma silencieusement la porte derrière elle. Upė écouta le plancher craquer sous les pas qui s'éloignaient à l'autre bout du couloir. Bercée par les complaintes du vent contre la fenêtre, elle se remit au travail. Sa concentration ne retomba pas, au contraire, elle s'affûta au fil des jours. Les idées et les mots la suivaient partout, elle servait les clients avec la tête ailleurs et prenait des chemins de traverse pour rallonger le trajet entre la maison et le bar. La plupart des oiseaux avaient fui les forêts et les prairies froidissantes, mais ceux qui étaient restés se manifestaient furtivement. Upė s'asseyait sous le saule pleureur et attendait qu'ils s'éparpillent sur le ciel comme de petits haricots noirs. Plus personne ne se baignait dans le lac. Les eaux avaient recraché leur dernier nageur un soir de septembre. Rien n'agitait leur surface grise, sinon parfois le vent.

Upė songeait à Gėlynas en pointillés. Il aurait été douloureux de le laisser prendre trop d'espace dans ses pensées. Mais il était là, tantôt informe, tantôt d'une netteté surprenante. Elle découpa aux ciseaux ses croquis de cigognes pour embellir l'article qu'elle préparait. Il savait donner vie à un envol ou une joute, distiller une pincée de malice dans un œil noir. Pressentant ses moments de cafard, le chat de Petras possédait un sixième sens pour dénicher Upė où qu'elle se trouvât. Il lui donnait des coups de patte amicaux, poussait son museau sous sa paume. Dans la confidence de sa fuite au lendemain de l'étreinte taboue avec Gelynas, lui seul savait combien elle avait été lâche. Et ce qu'il ignorait, elle le gardait pour elle – la mémoire troublante de la peau, et la si banale mais déchirante perte d'innocence.

Quand Upė termina son article sur les cigognes, elle réalisa qu'elle commençait à se sentir mieux. Elle était moins tentée de dormir douze heures d'affilée et les vagues d'apathie et de honte ne menaçaient plus incessamment de lui faire boire la tasse. Ce matin-là, elle ressentit même un frémissement agréable dans la poitrine, qu'elle reconnut comme quelque chose de perdu de vue depuis longtemps : l'espoir. Upė glissa son article dans une grande enveloppe en papier kraft et écrivit avec soin ses coordonnées au dos. Au petit déjeuner, elle annonça à son oncle et à sa tante qu'elle allait prendre le bus pour Vilnius et rentrerait à l'heure du dîner. La tranche de pain tartinée d'une épaisse couche de confiture de myrtilles s'arrêta à mi-chemin de la bouche de Rytis.

— Tu vas… passer la journée à Vilnius ?

De la confiture coula sur la nappe, mais pour une fois sa tante ne s'en indigna pas. Aušra continuait à boire son café, cachant toute manifestation d'émotion dans son bol.

— J'aimerais déposer mon article en mains propres dans les bureaux du magazine *A*.

— Bien sûr, approuva Rytis. C'est toujours mieux de se présenter en personne. Une fille intelligente, ça !

— N'en fais pas trop, oncle Rytis.

— Désolé.

Upė remonta en bus jusqu'à la gare routière d'Utena et patienta une quinzaine de minutes avant le prochain départ pour Vilnius. Elle voyageait avec son vieux carnet et son stylo à plume. Dans le bus, elle commença à rédiger un brouillon sur le pygargue à queue blanche. Bientôt, les zones commerciales, les blocs soviétiques et modernes de la banlieue de Vilnius, géants de béton et de verre, succédèrent aux plates prairies et aux bois dorés. Upė descendit au terminus. Elle n'alla pas déposer tout de suite son article à la rédaction du magazine, préférant laisser ses pas la mener au hasard dans la vieille ville. Les lieux, les gens, avaient acquis une qualité un peu immatérielle. La Vilnius d'octobre, enrobée d'un faible halo de miel, lui semblait distante. La folâtre rivière Vilnia essaya de la charmer comme aux tout premiers temps, ces jours brillants de l'automne passé. Mais Upė comprenait qu'elle aimait d'un amour plus profond les mystères et l'ambiguïté du lac, ses eaux bleu-vert en surface et ses abîmes insondables, parfois cruels. Elle se risqua dans la rue Universiteto et franchit les arches de l'université de Vilnius pour s'asseoir sous les fenêtres de l'Observatoire astronomique. Là, elle goûta le silence des pierres anciennes et du ciel aux nuages de laine. Des jeunes gens plongés dans une discussion animée firent leur apparition sous les arcades. Avec un léger choc, Upė reconnut Giedrė dans le groupe. Son premier réflexe fut de rentrer la tête dans les épaules pour passer inaperçue. Puis elle décida qu'il était absurde de se cacher.

— Giedrė ! la héla-t-elle d'une voix rauque.

Giedrė, qui était en train de dire quelque chose à une de ses copines, pivota aussitôt sur ses talons. Pendant un instant, elle parut au bord des larmes. Elle fit signe aux autres de ne pas l'attendre et s'avança vers Upė, ses cheveux méchés de rose étincelant au soleil.

— Upė. C'est bon de te revoir ici.

Et Upė la crut. Elle sentait l'affection sincère mêlée de regrets dans la voix de Giedrė. Son amie hésita, puis s'assit près d'elle sur le banc, joignant les mains sur ses genoux. Elle était plus calme que dans les souvenirs d'Upė, débarrassée semblait-il de son désir inquiet de plaire à tout le monde, et surtout à Vakaris.

— Je suis de passage pour la journée seulement.

— Tu habites dans ton village depuis cet été, c'est ça ? Comment vas-tu ? demanda Giedrė.

— Mieux, je crois. Je suis désolée d'être partie en ton absence, le week-end où tu étais en Lettonie pour la fête du solstice d'été. J'aurais dû te dire quelque chose.

Giedrė leva le nez de ses genoux pour regarder Upė bien en face.

— Aucune explication n'était nécessaire. J'ai compris pourquoi tu es partie, Upė.

— Vraiment ?

— Vakaris, Kostas, moi et les autres, on s'est comportés comme des imbéciles. Pire que ça, en fait. On pensait – *je* pensais – qu'être natifs de Vilnius faisait de nous des êtres supérieurs, et quand tu es arrivée… je ne sais pas ce qui nous a pris, de s'imaginer qu'on était assez géniaux pour prétendre « éduquer » une fille venue de la province. C'était cruel, Upė. Je te demande pardon.

Upė garda le silence pour assimiler ce que Giedrė venait de lui dire. Elle se rappela, assise à ses côtés, leur première rencontre et l'attirance immédiate qu'elle avait ressentie pour la chaleur de Giedrė, son côté solaire qui resplendissait sur elle, Upė, plus lunaire et secrète. Peut-être Giedrė avait-elle participé à ce jeu qui avait vu l'identité d'Upė se décomposer et s'éparpiller aux quatre vents... mais leur relation ne s'était pas résumée à ça. Il y avait eu ces dizaines, ces centaines d'heures que Giedrė et Upė avaient passées juste toutes les deux, sans qu'il y ait eu besoin de porter un masque. Et, si Upė cessait un instant de tourner le dos à tout ce qui était Vilnius, ces heures étincelaient dans la rivière trouble de ses souvenirs.

— Ce n'était pas facile pour toi non plus. Et puis ma... déprime, ça allait au-delà de ça. Il y a des choses qui venaient de moi.

Giedrė lui prit spontanément la main et la serra. Pendant un moment, elles regardèrent les étudiants circuler autour du plus vieil observatoire astronomique d'Europe de l'Est. Presque tous avaient un endroit où se rendre, quelque chose à faire, et marchaient d'un pas élastique. D'autres flânaient, ralentissant quand ils traversaient la cour baignée du soleil froid d'automne.

— Et pour toi, comment ça se passe ?

— J'ai déménagé dans une nouvelle coloc. Je ne vois plus Vakaris. Ni ses copains, d'ailleurs.

— Comment tu te sens ?

— Plus libre.

Giedrė ne développa pas. Entre elles, ces deux mots suffisaient.

— Et ta famille ? Ton oncle, ta tante, et ton meilleur ami, Gėlynas ? poursuivit Giedre.

— Je ne sais pas trop où j'en suis et j'ai fichu le bordel. Mais Aušra et Rytis m'aiment quand même, étrangement.

— Tu ne devrais pas être si surprise qu'ils continuent à t'aimer quoi qu'il arrive. Et ton père, tu envisages d'aller le voir à Berlin ?

— Non. Pour l'instant, je n'en ai pas envie. Et je ne sais pas si j'en aurai envie un jour.

Elles bavardèrent encore un peu avant que son amie ne doive partir. Upė laissa Giedrė la prendre dans ses bras et lui rendit son étreinte.

— Est-ce que tu penses revenir à Vilnius, le semestre prochain ?

— Je ne sais pas encore.

— Et… est-ce que tu répondras, la prochaine fois que je t'appellerai ?

— Oui. Appelle-moi, s'il te plaît.

Giedrė disparut sous les arches de l'université, emportée par un flot d'étudiants qui se rendaient en cours. Upė alla prendre un chocolat chaud noyé de lait dans un café anonyme et le but à petites gorgées. Quand elle se sentit prête, elle marcha jusqu'à la rédaction du magazine *A.* et appuya sur l'interphone. Le secrétaire à la réception la jaugea de haut en bas, mais il en aurait fallu davantage pour déstabiliser Upė. Il ouvrit l'enveloppe qu'elle avait posée sur le bureau, parcourut le titre et les premières lignes du regard.

— Les cigognes ? Au moins, le sujet est bien choisi. Dès qu'elles s'en vont, les gens attrapent le blues et tuent le temps jusqu'au retour du printemps.

— Ils pourraient tuer le temps en lisant mon article. Il est plutôt bon, si tu prends la peine de dépasser les premières lignes et de le faire remonter à la rédactrice en chef.

— Tu es culottée, toi.

Il rit, rajusta ses lunettes sur son nez pâle et compta le nombre de feuillets.

— C'est toi aussi qui as fait les illustrations ? Elles sont pas mal du tout.

— Gėlynas Juškevičius est l'illustrateur. Il est crédité sous le titre de l'article.

— Bon. Je vais le lire, ton article, mais je ne te promets rien.

— Mon numéro de téléphone est au verso de l'enveloppe.

— Je vois ça, Upė Balkaitė.

En sortant, elle vérifia du coin de l'œil qu'il n'avait pas fichu directement son article à la poubelle. Mais non, il l'avait posé sur une pile de manuscrits en attente d'être lus. Upė fit un tour au supermarché, hésita entre des paquets de Mars et de Milky Way pour finir par acheter les deux. Elle monta dans le trolleybus numéro 7 en direction du district de Justiniškės, au nord de Vilnius. Serrant son sac contre sa poitrine, elle passa les portes coulissantes du département de psychiatrie de la clinique. La réceptionniste lui présenta un visage impénétrable, dans la plus pure tradition de l'époque soviétique.

— Je viens rendre visite à Gėlynas Juškevičius.

— Vous êtes de la famille ?

— Non, mais…

— Les visites ne sont pas autorisées en dehors de la famille proche. M. Juškevičius n'est pas en condition de recevoir.

— Je suis sûre qu'il souffre de sa mise à l'isolement !

— Écoute, jeune fille. Tu connais le diagnostic de ton ami ?

La dame avait posé le menton sur ses mains croisées. Upė aurait voulu pouvoir l'accuser de mauvaise volonté, mais son regard sévère, sillonné d'un étroit réseau de rides, était empreint de compassion. Vaincue, elle baissa la tête.

— Est-ce que je peux au moins lui laisser un message ? S'il vous plaît.

Elle poussa les deux paquets de confiseries vers la dame. Gėlynas aimait les Mars et les Milky Way à cause de leurs noms inspirés de l'espace. Au début de l'école primaire, son obsession pour la Voie lactée avait provoqué une rupture de stock momentanée à l'épicerie. La réceptionniste n'hésita pas longtemps et prit les paquets.

— Dès que cela sera possible, nous lui transmettrons les cadeaux et les messages des amis.

— Et pour les visites ?

— Si tu nous laisses ton adresse e-mail, tu seras informée de l'ouverture des visites.

Upė déchira une feuille de son carnet et réfléchit longtemps pour finir par s'en tenir à l'essentiel.

Gėlynas, j'ai déposé un article sur nos cigognes au magazine A. *Tes illustrations en font partie. Ne mange pas tous les Milky Way d'un coup.*

Il faisait nuit lorsque le second bus entre Utena et son village la ramena dans le cocon de la maison. Aušra avait préparé de la soupe au potiron et la servit avec du fromage à croûte dure et du pain noir aux graines de cumin.

— Comment ça s'est passé, à Vilnius ?

— Bien, bien.

— Tu as revu des amis ?

— Oui, mon amie Giedrė.

Le jour de Vėlinės arriva sans son père. Upė, Aušra et Rytis se rendirent au cimetière pour allumer des bougies sur la tombe de leurs disparus. Il ne pleuvait pas, mais le vent sifflait, emportant les dernières feuilles sur les branches. Les deux femmes allèrent au sauna et, dans un silence commun, elles laissèrent la chaleur charrier les émotions inexprimées. Upė songeait à la promesse de son père de revenir pour Vėlinės. Elle avait perdu le compte de toutes les promesses – invariablement rompues – qu'il lui avait faites. Elle n'avait guère espéré le voir garer sa BMW dans le jardin et en émerger, dégingandé, cheveux blond-blanc coiffés en arrière. Upė ne conservait qu'une image floue des traits de son père. Son oreille avait meilleure mémoire que ses yeux : le claquement de la portière de la voiture qu'autrefois elle entendait où qu'elle se trouvât dans la maison, la façon que son père avait de toquer d'abord deux fois à la fenêtre avant d'entrer, les premiers mots qu'il lançait à la ronde, dans un lituanien mâtiné d'une pointe d'accent allemand, de plus en plus perceptible à mesure que les années passaient… et que les visites s'estompaient.

À la mi-novembre, Upė reçut un appel du magazine *A.* : son article sur les cigognes serait publié dans le numéro spécial du mois de décembre. Et, dans la foulée, un e-mail de l'hôpital lui annonça l'ouverture des visites. Upė n'informa pas immédiatement son oncle et sa tante de la publication de ses écrits. Gėlynas devait être la première personne avec qui partager la nouvelle. Sous une pluie de milieu d'automne, Upė reprit le bus pour Vilnius. Une orchidée jaune et une corbeille de bonbons à la menthe étaient désormais posées sur le comptoir du département de psychiatrie. C'était le seul changement. La réceptionniste était la même que la dernière fois et l'horloge au-dessus du poste informatique quantifiait tristement le temps. Elle composa un numéro sur le téléphone, articula le nom d'Upė puis raccrocha au terme d'une courte attente.

— Il ne veut pas te voir.

Upė ne laissa pas de message. Du voyage de retour vers le nord, elle ne garda que le souvenir du ronronnement des roues sur l'asphalte, des cahots légers qui faisaient tressauter collectivement les passagers. La pluie s'arrêta quelque part entre Utena et son village. Dans le jardin nappé d'ombres, Upė regarda la sodyba, ses fenêtres allumées d'un jaune chaud. Elle avait froid, mais quelque chose la maintenait là, aux portes de la maison, sans pouvoir se décider à entrer. Elle s'assit sur le siège mouillé de la balançoire. Quand les lumières du rez-de-chaussée s'éteignirent, elle finit par se faufiler dans la maison. Upė déposa ses chaussures boueuses sur les pierres encore chaudes de la cheminée. Puis c'est son corps qu'elle blottit contre la chaleur qui refluait lentement. Ses membres rigides s'amollirent. Du coin de l'œil, elle suivit l'apparition en chemise de nuit qui traversa le salon.

— Je vais être publiée, tante Aušra.

— Je n'en ai jamais douté.

Aušra prit place dans le fauteuil près du feu aux braises tièdes.

— Tout ceci est très bien, Upė chérie. Alors pourquoi es-tu si triste ?

— Gėlynas ne veut pas me voir.

— Gėlynas a son propre chemin à faire. Il a peut-être compris que certains moments de notre vie s'affrontent seul.

— Tu dis ça, mais toi tu es tout le temps là, dans mon ombre.

— Tu es la fille de ma sœur. Et toutes les fois où j'ai détourné le regard ont contribué à la mener vers le lac.

— Tu ne peux donc pas me blâmer de vouloir protéger Gėlynas.

— Qui protège qui en réalité, Upė ? Et contre quoi ?

Upė ne répondit pas, laissant les larmes couler sur ses joues.

— Continue à écrire, reprit sa tante d'une voix plus douce. Plus tu écris, plus tu reprends vie.

Au matin, la tante et la nièce s'assirent face à face à la table du petit déjeuner et discutèrent d'un sujet des plus prosaïques – les châtaignes à mettre en conserve. Mais Upė sentait, contre son cœur, une force ambiguë, aux racines complexes, et qui fourmillait de possibles encore indéterminés. Elle retourna à Vilnius pour un entretien à la rédaction du magazine. Le pygargue à queue blanche figurerait sur leur site web et il était question d'autres articles de vulgarisation pour le web. Elle repartit avec un exemplaire neuf du numéro spécial de décembre, aux pages craquantes et à l'odeur de papier frais. Dans le bus, elle feuilleta le magazine et relut son article avec un sentiment de profonde satisfaction.

Une nuit, les premières neiges tombèrent. Upė chaussa ses bottes fourrées pour aller déblayer devant l'entrée de la maison. La terre noire s'était couverte d'un glacis immaculé que le crépuscule teintait de reflets bleuâtres. À l'épicerie, Violeta accrocha des guirlandes en plastique autour des fenêtres et entassa des boîtes de chocolats sur une étagère hors de portée des enfants. Aušra commença à râler sur l'état des routes de campagne insuffisamment dégagées, et Petras à essayer d'empêcher son chat de vagabonder dans le froid. Finalement, la rumeur courut dans le village que le fils d'Indrė était de retour à la maison.

— Il est rentré, déclara Rytis un soir, pensant détenir une nouvelle fracassante.

— On sait, répliqua Aušra sans lever la tête de ses mots croisés. L'épicière t'a devancé, mon chéri.

— Puisque tu en sais si long, comment va-t-il ?

Mais personne ne savait comment il allait, pour la simple raison que personne ne le croisait dans les rues ni au bord du lac. Sa propre mère était bien en peine de répondre, ou peut-être ne voulait-elle pas alimenter les ragots. Upė laissa passer quelques jours, quelques nuits. Allongée sur son lit, elle regardait les lattes en bois du plafond ou se tournait sur le côté et observait la danse des flocons blêmes posés sur la nuit. Parfois elle réfléchissait, les mêmes idées revenant en boucle. Parfois elle ne pensait à rien et se perdait dans la contemplation. La neige se confondait avec les étoiles d'une nuit d'été, ses flocons chatoyants dansaient sous les paupières d'Upė quand elle finissait par fermer les yeux. Le bon moment se décida de lui-même, un matin où elle se réveilla bien reposée. Elle glissa dans un sac en toile le numéro spécial du mois de décembre et une poignée de Mars. Upė referma bien la porte de la sodyba derrière elle pour ne pas inviter le froid à l'intérieur. Elle marcha dans le quartier jusqu'à la maison des Juškevičius, une sodyba vert sauge. Un grand sapin faisait écran à la lumière sur le flanc ouest, à l'instar du marronnier planté près de la maison d'Upė. Indrė Juškevičiaitė et les Miškinis parlaient environ une fois l'an de les couper, mais Upė et Gėlynas s'y opposaient passionnément et gagnaient la bataille chaque fois. Elle appuya sur la sonnette puis attendit, les mains plongées dans les poches de sa veste. La porte s'entrebâilla et une femme aux yeux méfiants dévisagea la visiteuse.

— Upė. Cela faisait longtemps.

Indrė était encore en robe de chambre, ses cheveux méchés de gris s'affaissant autour de traits las. Lorsqu'elle descendait au village, Indrė dessinait ses sourcils au crayon, un fard abricot étalé audacieusement sur ses joues. Surprise au seuil de sa maison, la femme qui avait élevé seule un enfant offrait à Upė son visage nu.

— Gėlynas est à la maison ?

Les épaules raides, Indrė resta dans l'encadrement de la porte, bloquant l'accès à la maison. Upė leva la tête vers la fenêtre centrale du deuxième étage. Elle vit la silhouette qui se tenait derrière la vitre reculer, se replier à l'intérieur.

— S'il vous plaît, est-ce que je peux entrer ?

— Il ne veut voir personne.

— Vous savez que ce n'est pas tout à fait vrai. Et il ne peut pas continuer à rester caché dans cette maison. Laissez-moi le voir, je vous promets que vous ne le regretterez pas.

— Qui peut promettre de telles choses ?

Mais le ton d'Indrė avait perdu de son agressivité, ses épaules s'étaient affaissées. Elle se rangea sur le côté et invita Upė à entrer d'un brusque signe de tête. Upė retira ses bottes brillantes de neige, les aligna sous le radiateur et grimpa les marches quatre à quatre. Elle frappa à la porte de la chambre de Gėlynas puis actionna la poignée : elle n'était pas verrouillée.

— J'entre, Gėlynas.

La pièce baignait dans cette clarté particulière des jours d'abondantes chutes de neige. La vieille affiche du système solaire placardée au-dessus du lit était abîmée à chaque angle, scotchée et rescotchée trop de fois. En l'absence de leur propriétaire, les quelques plantes s'étaient rabougries dans leurs pots, à l'exception de cette drôle de succulente à bulbes dont Upė s'était toujours copieusement moquée. Sous la fenêtre et un mobile de la planète Neptune, Gėlynas était assis à même le sol. Upė enregistra en silence le jean effiloché aux chevilles. Le tee-shirt à méduses. Les cheveux blond mat frôlant des clavicules amaigries. Tête basse, il refusait de rencontrer son regard et observait, à ce qu'elle pouvait en juger, un amas de poussière sur le plancher.

— Tu lèches tes blessures tout seul dans ta tanière ? le taquina-t-elle en s'agenouillant en face de lui.

Elle ouvrit son sac, extirpa un Mars de son emballage et mordit dedans. La confiserie pâteuse et trop sucrée fondit aussitôt dans sa bouche. Avec une bouffée de nostalgie, elle repoussa le papier en plastique, mais la seconde bouchée n'avait déjà plus la saveur de la première.

— Je vais te raconter pourquoi je ne suis pas retournée à Vilnius.

Elle donna une petite poussée au mobile de Neptune et la planète se mit à tourner sur elle-même.

— Au début, quand je suis arrivée à la capitale, j'étais euphorique. Tu te souviens peut-être que je ne répondais à tes longues lettres que par trois mots sur une carte postale. J'étais trop prise par l'urgence de vivre. Il y avait beaucoup de choses à voir, à sentir. Les rues de la vieille ville *vibraient*, Gėlynas, à t'en coller la chair de poule. Les nuits, je les passais au Peronas, près des trains à l'arrêt sur les rails, ou au Špunka – on s'asseyait dehors, sur le trottoir, lorsqu'il y avait trop de monde.

Les sensations éprouvées cette année-là cascadaient, rugissantes, exaspéraient ses nerfs d'une insoutenable caresse. Elle appuya ses deux mains bien à plat sur le sol pour se ramener au présent. Gėlynas était silencieux, immobile. Il attendait.

— Je ne sais pas exactement à quel moment ça s'est... inversé, reprit-elle à mi-voix. Toutes ces opinions, tous ces visages, ces voix, je ne m'entendais plus penser, c'était comme si mon existence s'effaçait. Au village, j'étais... Upė. Pleine et entière. Solide. Mais à Vilnius, face à toutes ces personnalités originales, ces esprits à deux cents à l'heure, je n'étais plus rien. Je me suis rendu compte que j'étais... médiocre.

Les yeux bleu-gris se plantèrent dans les siens. Ils ne riaient pas. Ils attendaient.

— Cette réalisation – de ma médiocrité – m'a fait tomber assez bas. Je me sentais invisible. Vide. Mes notes n'avaient rien de spécial. Mon look n'avait rien de spécial. Plus grave, mes pensées et mes émotions n'avaient rien de spécial. J'ai un orgueil mal placé, tu le sais. J'ai fait les mêmes choses que les autres : fumer, boire, lire des bouquins prétentieux, porter des vêtements qui ne sont qu'un déguisement. Le sexe, aussi. Et, je n'en suis pas fière, je me suis laissé influencer par des personnages pas très nets. À la fin de l'année, je ne savais plus du tout qui j'étais. Alors j'ai décidé que je n'y retournerais plus jamais. Que la seule chose que je pouvais faire pour arrêter de me dissoudre, c'était rentrer à la maison.

Upė se tut. La lumière déposait une fine poudre de riz sur le plancher. Les mains de Gėlynas, croisées sur ses genoux, étaient couvertes de la même poudre diaphane.

— Ce que tu racontes, ça ne m'étonne pas : t'as toujours été égocentrique et sensible. Mais, Upė, tu ne seras jamais médiocre, jamais invisible, même si un démon du lac te jetait un sort. C'est juste impossible.

Elle sourit. Dehors, la neige avait recommencé à tomber.

— À ton tour de me confier tes secrets. Pourquoi as-tu arrêté ton traitement cet été ?

Le corps de Gėlynas se contracta, sa bouche esquissa un arc désenchanté.

— J'en avais assez d'être Gėlynas. Gėlynas est malade. Je voulais terriblement être un Markas. Un *normal*. J'étais convaincu que si j'essayais d'être Markas, je *deviendrais* Markas. Je sais maintenant que c'était idiot. Plus je dégringolais, plus je me disais que je devais faire respecter ma nouvelle identité, ne pas toucher aux médocs. Je croyais que mes visions signifiaient que quelque chose de très important était en train de se passer en moi… que j'allais renaître.

— Entre nous, je suis contente que tes démarches administratives aient échoué. Markas, c'était un prénom vraiment trop fade. Mais tu as le mérite d'avoir tenté l'expérience jusqu'au bout.

— Ouais. Et j'ai juste réussi à faire peur à tout le monde.

Upė sortit le magazine de son sac et le tendit à Gėlynas. Il tourna les pages sans se presser, jusqu'à l'article sur la migration des cigognes.

— J'ose même pas imaginer ce que tu as fait d'illégal pour que mes illustrations soient dedans.

— Je connais ton amour pour la loi, mais c'est notre travail à tous les deux et je tenais à ce que ça le reste. Tu as du boulot, d'ailleurs : je compte sur toi pour des illustrations du pygargue à queue blanche.

Les fossettes creusèrent leurs virgules familières aux commissures des lèvres de Gėlynas, estompant la fatigue sur son visage pâle et brouillé. L'affect plat, dérangeant, qui avait remodelé ses traits en une pellicule de cire les semaines précédant la crise n'était plus, remplacé par une expressivité franche qu'Upė pouvait enfin lire, reconnaître.

— J'ai honte que tu m'aies vu dans cet état. Je suis tellement désolé, Upė. Et si je redevenais dangereux pour toi ? Je ne peux pas me faire confiance.

— C'est pour ça que tu m'as évitée ?

— Il y a autre chose, aussi.

Avec un soupir résigné, il se laissa aller contre l'encadrement de la fenêtre.

— Tu sais bien. Je te regardais, Upė. Tout l'été, et depuis plus longtemps encore. Cet air que tu as, quand tu te tiens face au lac et que tu cherches un mouvement d'ailes dans les roseaux, les nuages.

Elle se rapprocha et avança une main vers Gėlynas. Elle déplaça ses doigts sur l'arc de Cupidon, sur les lèvres souples et un peu humides comme l'envers des feuilles de bouleau. Les lèvres remuèrent, heurtant la pulpe de ses doigts.

— Je ne sais pas ce que je vais faire, Upė.

— Moi non plus.

— Tu crois qu'on saura mieux d'ici le retour des cigognes ?

Les yeux clairs s'arrondissaient dans l'espoir et la crainte d'une réponse transcendante, absolue, magique. Ils attendaient, confiants, dévastés. Upė embrassa les yeux, la bouche et les mots. Glissa une main là où les cheveux de Gėlynas rencontraient sa nuque, cet espace d'une fragilité singulière. Elle sentit le poids de ce corps s'abandonnant, le visage tiède s'enfoncer dans le creux de son cou. Et il ne bougea plus, attendant, attendant encore.

L'autrice

Originaire de Bretagne, **Sarah Taloté** a passé plusieurs années en Lituanie, petit pays du nord-est de l'Europe qui lui a inspiré *Quand s'envolent les cigognes*, son tout premier roman. Elle vit aujourd'hui à Paris, mais reprend souvent le chemin du « lac secret », dissimulé au cœur des hautes forêts de pins de Vilnius.

Remerciements

Upė m'est apparue pour la première fois un jour de printemps. Accoudée au pont Užupio, elle regardait avec moi le soleil ruisseler sur les nœuds argentés de la rivière.

Sans la Lituanie et les liens que j'y ai noués avec les gens mais aussi avec les lacs et les pins sylvestres, les nuits blêmes de neige et les après-midi d'été bruissant de couleurs et de sons, l'histoire d'Upė n'aurait pas pu exister. La Lituanie a nourri mon imaginaire, et je souhaite exprimer ici toute ma gratitude à l'égard de ce pays.

Je remercie Clémence B., mon éditrice chez Casterman, pour son regard généreux sur mon texte et son investissement impressionnant tout au long de l'aventure. Merci également à toute l'équipe de Casterman, ainsi qu'à Lorène, éditrice chez Edith&Nous, qui a repéré mon petit roman sur la plate-forme et m'a prodigué de très précieux conseils.

Je remercie ma sœur Marie-Caroline, ma première lectrice. Elle m'a encouragée à persévérer dans l'écriture lorsque je traversais une période difficile. Merci à mes parents, qui m'ont transmis le goût des mots, ainsi qu'à tous mes frères et sœurs pour leur soutien.

Je remercie les amis chers rencontrés en Lituanie (et ailleurs !), vous apportez beaucoup de lumière à ma vie : Clémence, Christelle, David, Eglė, Einimas, Erika, Giedrė, Guoda, Hugo, Jeronimas, Jūrate, Lauksminė, Linas, Loïc, Maria, Patrick, Richard, Romain, Saulė, Thomas, Hugo, Una, Victoria, Vilmantas, et bien d'autres belles personnes que je ne peux toutes nommer ici. Jūrate, tu as toujours eu la foi inébranlable que je serai un jour publiée, merci d'avoir cru si fort en moi. J'ai passé bien des moments heureux dans ta sodyba familiale de la région de Moletai, source d'inspiration pour mon roman. Erika, tu as lu avec tendresse mes histoires au fil de l'eau. Saulė, Juratė, Erika, vous m'avez aidée à éclairer certains aspects de la culture lituanienne, rendant ainsi je l'espère mon texte un peu plus authentique.

Merci à Saulius et Ieva, les magiciens du café-papeterie Raštinė, et à l'équipe de jeunes formidables aux côtés desquels j'ai travaillé pendant un temps. Cette expérience m'a insufflé une belle énergie qui m'a accompagnée dans l'écriture.

Merci aux Kavos Broliai, Arnas U., Arnas R., Mindaugas et Matas. Ils m'ont laissée mobiliser une place dans leur café pendant des heures, jour après jour, saison après saison, pour écrire. Et enfin, merci à Vilius, mon voisin de table au café, pour les rires et les chamailleries.